致徐老闆

心後事

那些年從事死亡業的心靈絮語

明泰 著

目錄

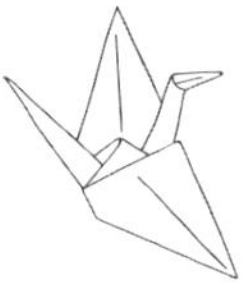

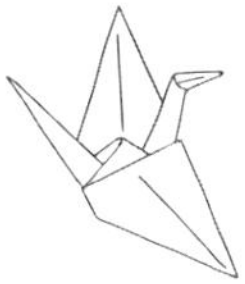

推薦序（一）

衛家聰醫生
香港大學臨床醫學學院急症醫學系臨床副教授

在這個繁忙且常常無視生命終點的世界裏，明泰的故事如一道溫柔的光芒，提醒我們生命的脆弱與珍貴。作為一位朋友，我見證了明泰從一個對生命充滿好奇的年輕人，成長為一位對社會有深遠影響的青年企業家和教育家。他的新書《心後事》不僅是對他工作的記錄，更是對生命最後階段的一次深刻體悟。

明泰的故事開始於一個簡單的信念：每一個生命都值得被尊重，即使是在最後的時刻。他的工作不僅提供服務，更是一個關懷和支持的所在。當弱勢家庭面對失去親人的痛苦時，明泰總是第一時間伸出援手，幫助他們整理遺物，安撫他們的心靈。

通過創立「人生事」社企，明泰將他的關懷擴展到了教育領域。他推動生命教育，讓更多的人了解和尊重生命的每一個階段。他的努力也為那些有志於殯葬業的年輕人提供一個了解這個行業的機會，並鼓勵他們追求自己的夢想。

《心後事》是一本充滿情感的書。它不僅記錄了明泰的工作和他對社會的

貢獻，更重要的是，它傳達了一種情感——那是對逝者的懷念、對家人的愛、對朋友的友誼，以及對摯愛的人的深情。這本書是對生命的一次頌歌，對那些在我們生命中留下深刻印記的人的一次致敬。

作為序言的作者，我感到無比的榮幸能夠參與到明泰的旅程中。我見證了他的成長，也見證了他如何用自己的方式影響世界。《心後事》不僅是明泰的故事，也是所有人的故事。它提醒我們，無論我們的旅程如何，我們都能在彼此的生命中留下美好的記憶。

讓我們隨著明泰的步伐，一起走進那些生命的故事中，感受那份超越生死的情感連結。這是一次心靈的旅程，一次對生命深刻理解的旅程。歡迎您加入這場旅程。

推薦序（二）

黃婉霞教授
香港都會大學護理及健康學院院長

人生在世，不論壽命長短，每個人都有其獨特的故事。明泰正是那位將每一位身逝者的故事延續下去的人，讓世人得以懷念，同時也激發大眾對生命的深刻反思。

認識明泰至今已逾五載，這些年來，我見證了他的成長。他對生命的深沉思考以及對知識的渴求，都是值得我們學習的榜樣。

早前在他創立的社會企業「人生事」的開幕典禮上，我有幸受邀出席。席間得知他成立這家社企的初心，是希望加強推廣生命教育，並作為一個分享平台——透過分享他日常為逝世者的家人或朋友處理遺物的經歷，藉此讓公眾更加了解死亡行業，為此我深受感動。這位年輕人心懷如此宏大的理想，並且願意付諸實行，實在令人敬佩。我相信他的嫲嫲也會為孫兒的行為感到安慰。

《心後事》是一部動人心弦的故事集。書中記錄了明泰在工作中的點點滴滴，透過文字，我們可以感受到他對生命的尊重和對逝世者親友的關愛。

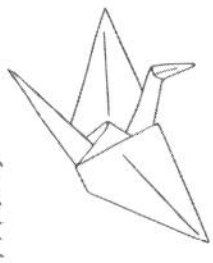

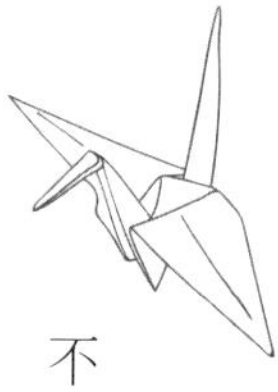

不論您是不是生命的熱愛者，還是對生命抱有疑問的人，我都誠邀您閱讀這本書，相信您定會有所感悟，及獲得不同的得著與反思。

我期待《心後事》他日將出版續集，屆時再看到明泰筆下更多的寫實故事。

最後，我衷心祝願每位讀者都能珍惜當下所擁有的，多加關心和陪伴那些還在世的摯愛親人。

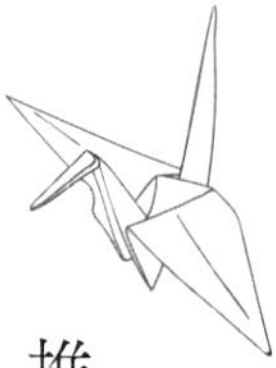

推薦序（三）

陳偉霖
死嘢 SAY YEAH 創辦人

「偶像！得唔得閒食個飯！」

「前輩！有啲嘢想請教下！」

跟明泰老師初相識時已常常被他誇獎，雖然頭幾次我曾努力跟他反駁「偶咩像！」「我有做大佬好耐喇！」不過他仍然故我，繼續用他的真誠為我冠上這些虛名。

無論從事甚麼行業，懂得「圓滑」好像是必備的基本條件，如果你不懂得圓滑，不懂人情世故、自然會被定性你是一位「得罪人多、稱呼人少」、缺乏社會經驗的年輕人。可是，即使你處事圓滑，面面俱圓，懂得人情世故也不一定得到同業的認同，也不一定認為你是一位成熟的年輕人，依然會覺得你是「得罪人多，稱呼人少」。當然殯葬業也不例外，而明泰老師可能就是其中一位年輕人在殯葬業工作的寫照。

殯葬業一直被外界認定為極厭惡性工作，甚至是品流複雜的行業，幾乎不可能是年輕人職業生涯的首選，當然明泰老師也不是一出生就立志從事殯葬服務，不過無心插柳當了殮房助理，最後由認識的殯葬業前輩介紹入行，

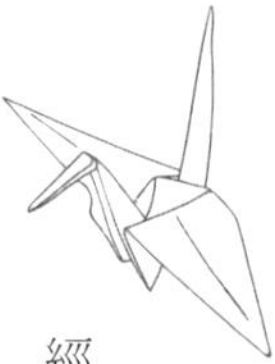

經過好一陣的努力與堅持，從昨日的殯儀學徒到今天創辦死亡工作社企。

拜讀明泰老師這本著作後，不管他的身份是學徒、遺物清理師、殯葬禮儀師，或是死亡工作社企老闆等等，都不難發現他下班後仍然需要一些時間去處理工作上帶來的壓力，可能是別人給的，可能是自己給的，也可能是在這個行業工作少不免的。在此想跟老師說：

泰，辛苦了，也真的太辛苦了。辛苦你了。明明好地地一位年輕人，理應求其打一份工，放工去拍下拖，放假去下旅行，安安穩穩到三十歲，先再諗下人生為乜都唔遲，為甚麼你廿多歲就已經實踐那麼多抱負，可能是因為你能力太高，精力太旺盛吧。泰，但相信你知道你都會老，你都會死，有時候除了在工作上全力以赴之外，我們也要盡全力預留少少時間給自己及身邊愛你的所有人，相信你都不會想在你死後，家人在你的墓碑上寫「麻煩掛住我，我生前成日掛住做嘢，唔記得掛住自己。」來總括你的人生啦。

如果有人問我，你這本書好不好看，我會有所保留。我會說「睇你點睇」，因為書裏每一個故事，以及承載著每一滴血、汗和淚，只用好不好看來總結有點太膚淺。但希望有緣人看到你這本書之後，也會有機會去認識你，因為書只是我們人生裏的序而已，更有可能只是我們人生裏其中一個小小的Reels，我們的人生比這幾萬字更精彩才對。

生命很複雜，死亦不簡單。

願我們都死得自在，活得無憾。

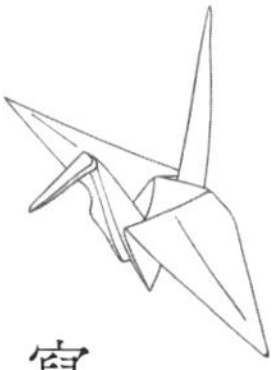

寫在本書開首——「格格不入」的尖沙咀

即使工作再累再忙，百分之九十九的行業也總會有下班的時間，但死亡業卻沒有。因為死亡都是不挑時間的。

這天我們收到慈善團體的聯絡，要在尖沙咀一幢大廈進行義務遺物整理工作，那是一宗中轉屋的個案。於是，當天晚上，我和同伴便換上裝備，穿上印有「遺物整理」的白色連身保護衣，以及水靴，在人群中穿梭。

那大樓是一幢結構錯綜複雜的建築，有些升降機停在一些不連續的樓層，有些樓梯則上下層不貫通的，像迷宮一樣。不幸中之大幸的是，我們對這裏充滿經驗。

一般來說，即便到達指定樓層，我們很多時候都需要與街坊「八卦」，以及依靠嗅覺等種種痕跡，才可順利找到事發現場。

幸好在冬天，遺體腐壞的速度緩慢些，不過當我們到達單位時，少不免有各種小蟲以及刺鼻氣味。

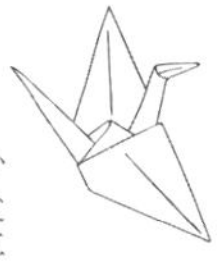

工作完畢後，當我們在大廈大堂閒聊數句時，大抵是因為我們的對話夾雜著「屍體」、「清潔」及「屍臭」等關鍵字，忽然有一把聲音加入我們的討論中。

「小師傅今日是有甚麼大事件要處理嗎？為甚麼如此嚴陣以待？」聽到這話我便回頭一看，原來是一群警察。這個問題出自一位身穿淺藍長袖制服的警長，他說罷便好奇地用手指一指我們的「全副武裝」。

在簡單交流後，我才發現原來在我們剛處理好的單位的對面以及下層，同樣發生遺體發現案件及自殺案件。出於本能反應，我馬上詢問警察們是否有任何事情需要幫忙，最後，我們奉獻了兩件保護衣，以及一些清潔鞋的工具。

及後，我們返回原來的單位，通過窗口觀察消防員及警察的工作。餘光掃到一幢燈火通明的建築物，原來單位的背後正是一間著名的五星級酒店，其中一個房間正在舉行生日派對，滿窗都貼著慶祝旗幟，一群年輕人正在載歌載舞。

歡快的畫面與這一邊死寂的氣氛形成強大對比，心裏一時百感交集。記得當天工作結束後，車上的氣氛非常沉重，因為我和同事心裏都很不好受。

後來完成案件後，我們碰到肇事單位的政府人員，他們無奈地表示，其實

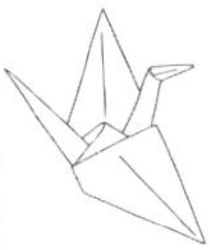

香港每一天都是這樣，只不過尖沙咀的個案有時候會特別多。

在繁華背後，有一群人長期被社會漠視、忽略，他們亦甚少與社會、家人及鄰舍互動，最後形單影隻地孤獨離世，直至屍身腐壞傳出異味才被人發現。這個現象被稱為「孤獨死」，最早出現於日本，其後於經濟發達的國家中漸趨盛行。這些國家的共通點是人口老化、少子化嚴重、離婚率上升及鄰里關係疏離等，這些現象通通都在香港找得到。

我很想做些事情去改善這個情況，不過，一人之力到底是有限的，我只能夠在他們狀況最差的時候，送上僅有的專業，以及對他們的重視。

此書記錄了我多年來從事死亡業的所見所聞，祈願能用此書引起公眾對孤獨離世這議題的重視，亦希望由今日起，沒有人再死於痛苦，也沒有人再因為死亡而痛苦。

＊註：本書所有角色皆作化名處理；所有個案獲家屬或相關機構允許出版。

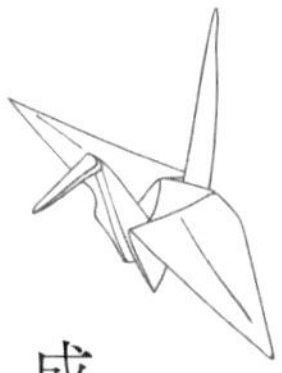

成績表

殯葬業是一門吃四方飯的工作，接觸的對象來自五湖四海，有些來自經濟富裕的家庭，或是在社會上舉足輕重的名人，有些則來自背景相對簡單的家庭。

很多人都會認為，一個葬禮成功與否，很多時取決於財政能力，以及先人能否以體面的方式下葬，我初時也不例外，但經歷過這些年的工作後，我漸漸對這些事有了新的體會。

我開始反思到，其實有時候葬禮熱不熱鬧、風不風光，與自身的經濟能力並無太大關係。

記得有一次，有一位住在我家附近的街坊離世，兜兜轉轉之下，便找到我為這位老姐姐辦理葬禮。由於她已在家中倒斃了一段時間，因此到了被人發現時，容貌已變得不太理想。

其長居在外地的家人趕回港處理喪事，最後選擇在公眾殮房直接出殯。起

初我們預期只有家人會出席，怎料當日，竟然有多達五十多人出席這位老姐姐的葬禮。

當中有些是大廈的業主立案法團成員，有些是鄰居，亦有一些是社區中心的街坊鄰舍。

原來這位老姐姐在這個社區住了約四十年。生前她是一名英語教師，在那個非常重視英語的年代，她經常義務為鄰舍小孩補習，輔導家課，善良的她便漸漸地與鄰舍熟絡。而當時受她恩惠的孩子們在事業上也有不錯的成就，有些更成為社會上的專業人士。當老姐姐退休後，當年的孩子又會把自己的子女托管在老姐姐的家，她便漸漸成為一個「社區嫲嫲」，一手照顧那個地區的兩、三代人長大。

儘管隨著社會發展，不少鄰居亦慢慢搬離原有的社區，但鄰舍之情不變，彼此之間依然保持聯繫。因此，當大家得悉老姐姐離開後，都自發前往悼念。

客觀來說，這場葬禮並非世俗意義上的「風光大葬」，也沒有甚麼隆重儀式，但卻夾雜著不少人的歡笑聲，以及真摯的敬意。很多人提起往事時，都對老姐姐抱著無盡的感恩。

我曾經辦理過一些花費高昂、用了最上乘葬品的葬禮，卻由於家庭失和，部分家人選擇缺席告別式。我也有經歷過像這位老姐姐般的，即使沒有華麗的葬禮，卻滿載溫情。

如果每個人的一生都有一張成績表，那麼除了要計算今生的成就外，大概更需要計算留在眾人心中那個最深刻的印象。

到底經歷時間洗禮後，身邊人會如何評價你這一生呢？這個便是我們留在這個世界的成績表。

感謝你成為這裏的社區嫲嫲。能夠與你共同生活在一個社區，是我的榮幸。

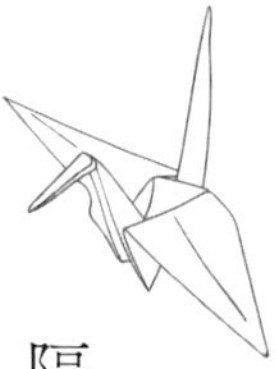

隔夜飯

各位讀者，你們會經常回家食飯嗎？如果可以的話，你們又會否盡量抽時間回家吃飯？

如果有一天，家中再沒有人為你煮飯，再沒有人留飯餸給你，你會有甚麼感受？

老實說，自從有了自己的事業後，我也慢慢減少了回家吃飯的次數，原因可能是因為需要工作至深夜，有可能是因為太累，也有可能是需要去參與不同的工作交流或朋友聚會，因此少了時間陪伴家人，但矛盾的是，自從從事這份工作後，我卻越發想花更多時間留在家人及伴侶身邊。

記得在最近一次遺物處理工作中，案發現場的單位除了輕微的異味外，整體都十分乾淨整潔，不過那裏的一碗「隔夜飯」，卻令我流下眼淚。

委托人強本身是一名年輕的父親，但因為經濟不景，他和妻子為了盡量減輕家庭開銷，於是便各自回老家暫住，他搬回老家與媽媽生活，而妻子及女兒則回到娘家居住。

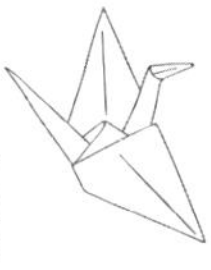

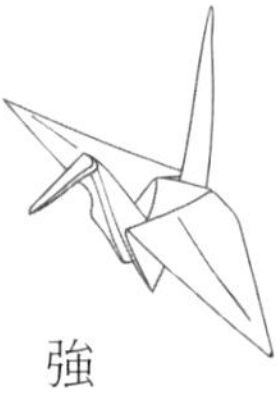

強是一名孝順的人，也是一名很堅強的父親，而在妻子以及到場陪伴清理遺物的友人口中，他更是一個百分百好人。這點我也相信，因為在強的言行舉止中，能感受到他是一個很真誠的人，是那種即使明知道你在佔他便宜，他還會「笑笑口」，不計較地盡力幫助你的那種人。

他經常說「馬死落地行」，為了維持家庭財政，他每天打三至四份工作，累了，便在前往下一份工作的交通時間中，在巴士稍作休息。

然而有一天，當強又一大清早出門工作，直至第二天早上才回家時，開門後卻赫然發現母親倒地不起，身體已經浮上一些血紅色的斑，而且僵硬了。

強哭著報警，最後救護員沒有把母親送往醫院，而是由黑箱車直接接走。強忍住悲痛，致電了我，希望我們能夠協助整理母親的遺物。

當我們到達強的家中，發現環境還算簡潔有條理，看得出是一個有母親在家中打理家務的環境。於是我們很快便開展清潔工作。

當我去到雪櫃檢查的時候，發現雪櫃裏有一個飯盒及一個小湯壺，上面有一張字條，內容大概是叫強放工後把飯餸加熱，而且記緊要用小蒸鍋把湯翻熱，不要使用微波爐，微波爐對身體無益等等。

我馬上叫強看一看，並詢問他想如何處理飯盒。

「我食，阿媽我回家食飯了。」強哽咽著回應我，淚水奪眶而出，然後全身無力地癱坐在牆邊大哭起來。

後來，強便根據紙條的指示把飯菜加熱，在雜亂的環境中流著眼淚，一口一口把飯餸吃清光。

很記得強把飯餸放進口之後，忍不住大聲叫了一聲——

「媽！」

然後情緒變得非常激動，嚎啕大哭，連食物也無法繼續吞嚥。

我看著強悲痛欲絕的樣子，眼眶也不禁濕潤起來。

強的妻子把強深深地擁入懷中。

後來強告訴我，他真的很想念媽媽。

他是在女兒出生後，才知道原來為人父母很不容易，要肩負很大的責任。

甚麼是好男人？這個問題沒有標準答案，但我覺得強就是一位好男人。他為了家庭寧願咬緊牙關同時打著三、四份工作，非常堅強，而強的妻子也很好，一直在背後默默地支持著這個家。

相信各位讀者在成長及打拼事業時，也曾錯失過很多的東西，但請你好好珍惜與深愛自己的人的相處時間，否則當一切為時已晚，再後悔也來不及了。

如果能力許可的話，不妨今晚早一點回家，陪陪那些渴望見你的家人，好嗎？

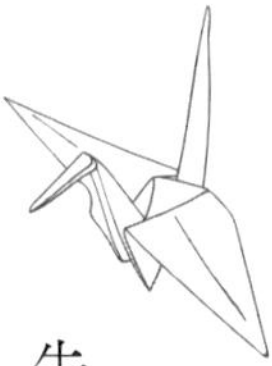

朱印帳

我很喜歡自己居住的社區。這裏臨近海邊，可以眺望無垠的大海，有時候我會在週末，踱步到海邊的小酒吧，邊享受柔和清爽的天氣，邊喝著啤酒，看看街上路人的一舉一動，就這樣消磨一整個下午。

我也在這裏結識到一群好街坊，街坊的年齡層就像我們討論的話題一樣廣闊，由社區大小事到心事，無所不談。如果有人家中遇到白事，也會找我幫忙，可以說，我與街坊們一起經歷著人生起伏，一同見證這個社區的喜與悲。

當中有一對退休多年的夫婦，他們個性幽默，又親切健談。即使已屆古稀之年，仍樂於與年輕人交朋友。他們經常叫我以 Frank 和 Annie 稱呼之，而不是陳生陳太，這樣會顯得他們更年輕些。

我除了與他們交流社區的事情以外，也會向他們請教待人接物的技巧，也會分享我在工作上遇到的快樂以及壓力，乃至有段時間我陷入低潮，情緒很差，他們亦義無反顧地時常陪伴我。

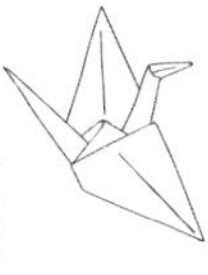

我們時常熱烈地討論很多天馬行空的想法，例如在海邊興建舊式船排酒吧，客人可在船上喝酒，或者要買一架私人飛機去旅遊。起初，我是個對旅行沒有太大興趣的人，但在他們的潛移默化下，我也逐漸喜歡上旅遊，喜歡去探索世界。

但後來 Frank 患了癌症，由確診到離開只有大概三個月。這段期間他沒有住太多醫院，身體其實尚算不錯，行走自如，就是走得有點急，由身體非常不適進入醫院到離開，大概只有五天時間。

在處理好 Frank 的葬禮後，我坐在我們平常聚會的街坊小酒吧，在同一張木枱，飲同一種啤酒，用同一個煙灰缸。耳機播放著他很喜歡的 Paul

Anka，腦海浮現出他聽著音樂、自如地舞動身體的畫面，只是這個充滿活力又可愛的情景已成回憶。在那刻，我深刻明白到，其實回憶以及感情也不是永恆，哪怕你拼命地試圖保存。

後來感覺到有人坐在我對面，把我從思緒中帶回現實，我定睛一看，原來是Annie。她從環保袋中拿出一本有著淡紫色布面的朱印帳，就是那種專門收藏日本神社印章的紀念本。Annie把帳本推到我面前。

「Frank一早便說好要送給你，但時常忘記了。」

「他在醫院的時候再三叮囑我要將這本帳簿給你，要你代替他到日本繼續

蒐集御朱印，去收集多些印章，去多點旅行。他記得你有不少情緒壓力，去旅行是一種很好的情緒紓緩方法。」

我緩緩翻開這本帳簿，第一個印章是平成二十二年，而最後一個印章則是平成三十年，之後還有半本的空白頁。

聽完Annie解釋後，我一直低著頭，用手撫摸著這本朱印帳的布質封面，然後托著腮，左顧右盼，就是有點不敢回看Annie。但我最後鼓起勇氣，抬頭回看她。她的眼神依舊是真誠慈愛，臉上掛著和煦的微笑，只是在她笑容中，已夾雜一絲滄桑疲憊的感覺。

她隨後給了我一個深深的擁抱。

自從 Frank 離世後，我們一班街坊時常探訪 Annie，也有一起聚會，就是希望發揮鄰舍之間守望相助的精神。即使到了今日亦如是。

這本朱印帳一直放在我的床頭。有時工作累了，便會翻開這本簿看一看，從大腦之中提取些溫暖的回憶，讓內心得到慰藉。這段友情跨越現實世界與天堂，雖然是一份很朦朧的愛，說不清道不明，也只有些散落零碎的記憶片段，但又刻骨銘心，每每想起都會會心微笑。

當我每次在情緒很差的時候翻開這本簿，都會想起 Frank 把這本簿送給我

的用心，那些煩惱雲霧便彷彿漸漸消散。

就讓我們相隔兩個世界的友誼，延續下去，由平成邁進令和。

Goodbye Frank. See you later.

杰倫（上）

「婚禮可以從簡，但葬禮不能失去儀式感，因為舉辦葬禮的目的，是讓我們好好悼念離世的人。」

特別想和你們分享這句句子。其實它是出自一位我曾經服務的離世者，她的名字叫阿單。這是當她還在世時，向她先生表述的句子，而她先生杰倫便把這句說話分享給我。

我經常會以老師來形容那些我服務的離世者，他們除了為我提供收入之外，他們的說話更時常如當頭棒喝，令我不斷反省自己的工作，特別是做人處世的態度。

記得第一次接觸這個家庭時，時值八月下旬，當時我正在日本出席一些業務交流活動，那天臨上飛機之前，收到一位男士的電話。那位男士以溫柔、鎮定的聲線，有條理地向我講述他當下的情況——他太太病情嚴重，正處於彌留的階段，然後向我諮詢了一些意見。當時這位男士正是杰倫，而他只是一名年紀稍稍大我一點的年輕人。

由於當時有公務在身，我只能夠進行一般的既定程序，綜合去了解其家人們的需求，但當我回到香港與杰倫第一次見面後，便對他有了嶄新的認知。

杰倫第一次見到我時，便把他的手機遞給我，問道：「你們能否做到類似這些形式的佈置？我心中有很多想法。」

我接過他的電話，仔細地看看那些他預先準備好的圖片，然後聽著他們的故事及要求。聽畢後，我便知道這並非一般的工作，而是一個會顛覆很多觀念的挑戰。

因為他想在葬禮上，呈現一個婚禮出來。

因為即使他和太太阿單已經完成婚姻登記，法律上已是夫妻身份，但他們仍缺乏一個婚禮儀式。

我當時在腦海中快速思考著他的問題，然後很有信心地說：「做到！」

其實籌備一個葬禮，就好像製作一件藝術品，不能心急，又不能盲目模仿，需要了解很多關於離世者的細節，再用自己的觸覺及經驗去琢磨它出來。

於是，在籌備這個葬禮上，我用上很多不是尋常葬禮會用到的資源，並向很多從事婚禮製作、婚禮主持的好友們諮詢意見，而最重要、最有難度的地方在於，要平衡婚禮的意義及葬禮的元素，畢竟該場地是一個喪葬地方，

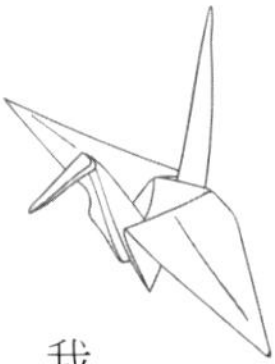

我們還要考慮其他家庭的感受，因此實在不是一件容易的事。

最後，在我們團隊召開了很多次會議，以及反覆諮詢很多從事與婚禮工作相關的朋友後，終於制訂好一個方案出來。

在這個葬禮方案中，我選擇保留部分傳統精神及元素，例如保留一些適當的回禮（吉儀），但修改一部分出殯的程序，採用較現代及較個人化的方式去向大眾呈現，同時採用環保藝術、樹木活化及植物系的佈置概念去完成這個葬禮。

這場葬禮最令我印象深刻的地方，就是當晚完成守靈的工作後，現場為我打點花藝事宜的夫婦好友給了我一個深深的擁抱。在那一刻，我明白到，這對年輕夫婦的感染力，已經為這個灰暗的世間塗上了很多色彩，也令我們明白更多有關愛的意義。我很記得杰倫跟我說，其實真正的愛不是要求對方改變，而是互相為對方改變。

完成這場葬禮後，我和一眾朋友亦與杰倫一直保持聯繫，漸漸地與杰倫成為朋友，交流很多生活趣事，或是生活上的難題，彼此互相扶持著。

很多時完成葬禮後，家屬會向我們作出致謝，我們亦衷心感激他們的欣賞。但這一次，我很想向這個家庭——杰倫及他太太阿單作出致謝，他們就像兩位彷彿剛剛認識，又好像認識了很久的朋友（即使另一位已活在快樂國

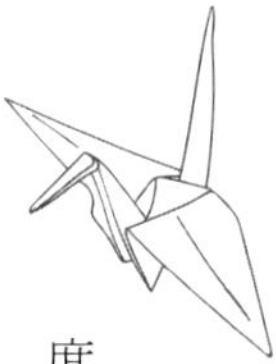

度）。

他們的故事，在有形無形間，為我從事死亡行業提供更多動力及支持，也讓我更有信心在日後，繼續成就更多的事。

我想，這是我因著對工作的熱誠而得到的「貼士」，而這份「貼士」的分量之重，是不能用任何物質去衡量的。

謝謝你們，那些「陌生」的好朋友。

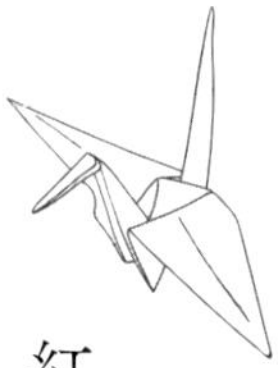

紅豆

「明泰你好，紅豆超喜歡Minions（香港譯名為迷你兵團），一直都很喜歡。如果她能夠在Minions的陪伴下前往彩虹橋，她一定會很幸福、很有安全感。」這對年輕父母的眼睛通紅，手裏攥著紙巾說。

紅豆是一名兩歲的小朋友，因為身體的問題撒手人寰。在因緣際會之下，父母找了我們為紅豆舉辦畢業禮。

紅豆並不是我在工作生涯中第一個接觸的小朋友。一路以來，我也為不少小朋友送行，不過隨著自己在這個行業打滾的時間越來越長，我漸漸也沒有再刻意計算小朋友個案的數目。

最近有些同行的前輩朋友和我吃飯，他們都調侃我，說也許小朋友、年輕的小天使們知道我是個很可靠的哥哥，因此都喜歡找我，為他們處理事情。

事實上，行業內的確有些行家對辦理小朋友葬禮有所顧慮，有些人會認為小朋友較「活潑」，或會「影響」相關的工作進行，有些則因為自己兒孫

滿堂，因此不忍心，或有所忌諱，故不願辦理孩子的告別式。

但我對處理小朋友的個案並沒有甚麼顧慮。對我而言，他們只是香港每年離世人口的其中一員，並不是甚麼洪水猛獸，只需要以純粹的愛護及尊重對待他們即可，毋須擔心。

在小朋友的個案上，不能使用和成人相同的流程及處理方式，而是需要在每個細節中，更加細心敏感，全面顧及父母的感受，特別是當父母仍處於六神無主之際，或與父母的父母（即小朋友的祖父祖母們）的預期情況出現落差時，不同的狀況便有機會出現。

兒童的告別禮，除了需要包含基本的葬禮元素外，還需要額外關懷及觀察離世者的家人們。

因為家長們大多也是年紀輕輕，有些甚至可能這輩子也還沒有參加過葬禮。面對年幼的子女離世，家長的心情是很難平伏的，但「父母」這個身份，又迫使他們需要強忍悲傷的情緒，在葬禮中保持鎮定，陪伴孩子好好走完最後一段路。

在籌辦這場告別禮中，我把紅豆喜歡 Minions 這件事一直記在心中，但即使耗盡人脈，都未能在業界的花店中買到相關的作品，於是我和女朋友決定動手製作一個 Minions 的棺面花，效果竟然非常好。

在辦理兒童告別式時，有很多元素我們都選擇不跟隨傳統的觀念，這並不是我們想要挑戰傳統，或覺得傳統是迂腐。

傳統是一種值得被肯定的珍貴價值，只是我不肯定這些傳統儀式，是否有助離世孩子的父母調整當下狀態，例如跟隨習俗是不是一個最合適的方法去幫助他們表達哀傷？也許作出適當的調整，才令儀式變得更有意義。

面對年幼亡者的家人，我們必須盡全力付出我們的同理心及愛心。因為即使死亡是人人平等，但哀傷並不是。只有當我們做好我們的工作，付出真正的愛護與關懷，才有機會令一些遺憾，得以彌補。

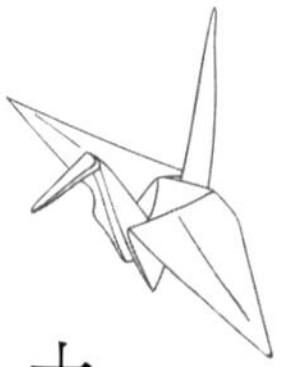

十三年

十三年，在香港是一個甚麼概念？

香港的免費教育為十二年，所以原則上，十三年已經足以讓人體驗逾半的青春。

如果一切順利，十三年亦足以令一名醫科學生，成長為獨當一面的專科醫生。

不過對於供樓的人們來說，這或許只是漫長的還房貸之旅的一個里程碑。

但無論如何，在香港，要維持在一個狀態長達十三年，並不是一件輕鬆愉快的事。

前陣子接到一個慈善機構的委托，前往事發現場進行清潔。據社區幹事的簡單解釋，現場環境異常惡劣，而該單位是一個過渡性的中轉房屋。

這裏的中轉房屋，分為不同的戶數，目的是嘗試透過現有的民營資源，為一些因事故失去住屋的人士提供臨時住所。

死者在家中倒斃，良久才被發現。發現的時候，身體已經出現嚴重腐化，以及產生強烈的氣味，最後由鄰居通知機構代為報警處理。當執法人員到達現場後，便隨即宣布死亡。

在團隊的同心協力下，整個地方很快便清理好，並消毒完畢。

在整理死者的遺物期間，我們發現一封由房屋署寄來的通知信，通知他已經獲編配公屋，並預約他前往辦理手續。

跟社區幹事了解後，我才了解到死者已等候這封信件長達十三年。

非常可惜是，這封信推斷是在死者離世的兩天後才寄到單位。

當我和社區幹事看到這封信之後，良久不能說話。

當時我的內心非常激動，既替他感到不值，亦慨嘆有人用了十三年的時間只求一個容身之所。我們可以在十三年間經歷很多成長、各種人生起伏，因此這個時間實在是太漫長了。

可惜，死者最後還是跟這封信緣慳一面。

在休息期間，鄰居叔叔走出門口，赤裸上身地蹲在門口抽煙，與我們閒聊著與死者的回憶。

「小朋友，你有沒有信仰？」叔叔問完後，便吐出一口煙。

「叔叔你呢？」我反問他。

「我信耶穌的，不過我覺得相信哪個信仰都不重要，做人最緊要心地好。他去世後我每天都有替他祈禱，但他沒有信仰，不知道耶穌有沒有在天國替他預留位置。不過希望這封信能讓他對這裏真正放下執著。」

「其實這個後生仔已經很不錯，雖然他行動不是太自如，好像有少許活動困難，但仍然堅持要自力更生。」鄰居叔叔言語間流露出對離世者的欣賞，以及絲絲唏噓。

這個社會有誰不努力呢？

一封信件，讓人堅持十三年，可惜天意弄人。

社會的悲劇以及其根源的民生問題，往往在我們的個案中表露無遺。當我們會替一些社會新聞感到悲傷時，其實是一個很好的開始，代表著我們的同理心使我們覺察到這些社會問題，當然，這距離我們能真正扭轉社會問

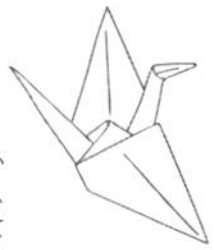

題仍有漫漫長路，但千里之行，始於足下，這也是我寫這本書的初衷。

最後，經過聯絡人的同意，我便將那封信件連同一個深深的鞠躬，化作一縷青煙。

願你無牽無掛，安心前往另一個更好的世界。

叔叔，那封信終於到了，安心走吧！

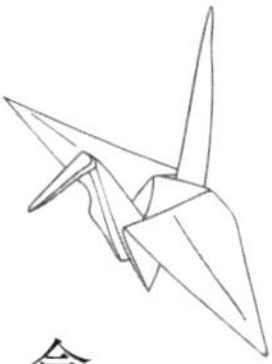

倉鼠

我經常接受慈善機構的委托，協助處理有關遺物清理的事宜，而這次受委托的個案內容也與往常一般，都是家中有人倒斃離世，但家人無法獨力處理，需要尋找專業人士協助。

但這次不同的地方在於，這次的求助者——離世者的兒子傑仔，有些特殊障礙，以致他在表達及思考能力上都有些困難，我們需要額外用心去理解。與他溝通的時候，我們也要付出更多的耐性與關愛，好讓他完整地表達自己的想法。

整個收拾過程很順利，傑仔也很爽快地處理了很多事情，同場還有一位阿姨，相信是他們的遠房親戚。

不過在收拾的時候，我留意到傑仔隱約地收起一個盒子，但礙於尊重個人私隱，我沒有去阻撓或好管閒事地多加探究。

突然阿姨大叫起來，原來她發現盒子裝了一隻倉鼠。她神色慌張地表示希

望傑仔把牠棄掉。由於當時正值新冠肺炎的其中一個爆發時期，很多醫護專家對倉鼠是否會傳播病毒有一些隱憂，因此可能令阿姨對倉鼠抱有一定戒心，於是希望我們能夠把倉鼠「處理」掉。

但傑仔不肯放手，而且牢牢地把牠抱緊。在緊張不安的時候，他更難去表達自己。

阿姨趁這個機會不斷地向傑仔說些難聽的話，迫令他放棄那隻倉鼠，刺耳得連我們聽到也不禁皺起眉頭。

傷人的說話加上咄咄逼人的語氣，令到傑仔急得眼泛淚光。阿姨同時亦遊說我們，要我們把倉鼠處理掉，以致平日沒太多脾氣的我都忍不住請阿姨閉上嘴巴。

我之後再慢慢與傑仔溝通，才了解到傑仔的想法。

「傑仔，你想保留倉鼠嗎？」我耐心地問道。

「對的，哥哥。牠是我和爸爸一起養的，是爸爸叫我學習如何照顧倉鼠，學習如何照顧自己。我很乖，我現在懂得照顧自己，但我不想沒有倉鼠，因為我已經沒有爸爸了。」傑仔的語氣聽上去帶有一些自責，並且一邊說一邊流淚。

簡單的一段說話，已經讓我清晰地了解到這隻倉鼠對傑仔的重要性。

於是我忍不住用了一些比較直接、嚴厲的言辭跟阿姨溝通。

在我們力挽狂瀾下，阿姨最後承諾我和社工哥哥，不會對小倉鼠怎麼樣，並願意交由傑仔自行決定倉鼠的去留。

我亦鼓勵傑仔忠於自己，追隨自己的意願，不要輕易因為任何言論而改變自己。到了最後，倉鼠當然是成功留下來，繼續與傑仔作伴。

其實很多時候，人們會將一些小事的恐懼過於放大，因而產生很多不必要、無謂的困擾。

相比起倉鼠，其實受遺體污染的家具更加應該處理掉，但這是否代表應該把整個家都拆掉？

為甚麼我們很容易便會忽略別人的感受？或許對你而言，這是一件不起眼的事物，但事實上，牠可能是小朋友與父親的最後連繫，也盛載著父親最後的教導和愛，足以改變小朋友的一生。

假若倉鼠受到污染，可以勤換墊材，保持衛生，但如果小朋友的心靈遭受打擊，又可以如何處理？相依為命的最後記憶應該被好好保存，使生命換成第二個形式延續下去。

傑仔，希望你看到倉鼠的時候，都能記起爸爸對你的愛，以及爸爸對你的照顧及肯定。

加油！

哥哥

我有一個習慣，就是即使完成葬禮後，如果情況許可的話，我都會與家屬們保持聯繫或定期見面，主要是希望了解他們的近況。

不過，對很多人而言，葬禮只是一門生意——當有人離世，便需要尋找相關人士辦理葬禮。在妥善完成葬禮及處理遺骸後，便銀貨兩訖，從此再無

瓜葛。

老實說，當初我也有這樣的想法，但後來我又開始慢慢改變，因為有些家屬可能與你很投契，也很容易展開話題，於是友誼便會慢慢發展出來；也有些情況，是個案本身的性質，令我想盡量了解他們的近況。

雖然這些都是非必要的，但自從經歷以下的一件事後，我便暗自決定，只要是在自己能力及狀態許可下，我都會盡量與家屬保持聯繫。

這件事實在是一次很奇妙的經歷。

當時我為一名年輕、陽光開朗的男生處理葬禮。葬禮完成後，我一直持續地與他的弟弟保持聯絡，因為哥哥的離世對他的打擊很大。哥哥是他的楷模，也是他強大的後盾，而這位哥哥即使處於病症的晚期階段，仍處處為弟弟著想，不斷交代家人及朋友好好照顧弟弟，又盡量為他處理好很多事情。這個哥哥只比我大一歲，而他的弟弟則比我小三年。

或許因為我在家庭中也有著哥哥的身份，下有一個妹妹，所以我也很容易代入哥哥的角色，不由得額外關心及在意他的弟弟。所以就算完成整個葬禮及所有安排後，我倆亦保持緊密無間的聯絡。

我和弟弟保持了接近一年多的緊密聯繫，間中亦有約出來見面食晚餐，或小酌一杯。每次他都會向我更新生活狀況，或傾訴正在面對的事情，我亦很容易觀察到他的一些變化，例如是情緒，又或是生活模式等。

我也很為他高興及感恩，因為儘管哥哥離開了，他依然很努力地朝著自己的目標進發，鑽研自己喜歡的音樂，亦開始獲得伯樂賞識，得到不同的機會，甚至取得各種獎項。

並非每個人在面對情緒低谷，日常生活分崩離析時，仍有勇氣及毅力由低谷慢慢一步一步爬上來。這種人，一路走來並不多見，為此我為他堅毅的心志感到無比感恩。

但最令我觸動的一刻是，有一天他約了我出來小酌一杯，在路邊的餐桌上，他把電話打開，然後給我看了一張女生的照片。

「你覺得這個女孩子怎樣？好不好？我覺得她挺好的。最近我經常約她出來，與她相處時很自在、很舒服！」他神情緊張地問我，就像等候考試成績發放的小學生一樣。

「現在你的心意如何？如果你想與她發展便行動吧！最重要的是確定自己喜歡她，以及與她相處時覺得舒服。」我呷一口酒，慢悠悠地回應他。

「從前哥哥會替我過目我鍾意的對象，他看人很厲害，但他不在了，所以我想將她的相片給你看看。因為自從有你陪伴我後，我覺得好像多了一個哥哥在身邊。」他一手拿著電話，一手激動地比劃著。

聽後我並沒有回應甚麼，也沒有說甚麼客套說話，但我有把這句說話默默記在心中，然後繼續和他談天小酌。

這句說話一直是我的動力。

對我而言，共情的價值在於同行，而同行則源於內心的熱情與真誠。

共情不是取代，而是選擇與對方站在同一件事上面，步伐一致地邁向同一

個目標。即使未必能夠完全明白對方的苦楚，但讓對方感受到平等、真誠的對待，以及互相的交流是很重要的。

我相信他的哥哥會以弟弟為驕傲，而我亦都會以這位弟弟為榮。

外傭姐姐

在喪禮上面，通常會有不同的家屬、親友或是其他角色等，但大家有沒有想過，原來外傭姐姐也會出現在喪禮上？

對我們而言，外傭姐姐是一個很特殊的存在。

她們幫助長者安然步入人生晚期，實在居功至偉，因此她們很多時也是老人家喪禮上的重要角色。

很記得在最近一次喪禮上，曾經有主家在發表致謝辭的時候刻意站立，流著眼淚向在座的外傭姐姐們作九十度鞠躬，感謝她們在這段時間裏對老人家的真誠照顧，而三位姐姐亦泣不成聲，與主家的家人擁抱。

我亦曾經遇過，外傭姐姐比主家情緒更激動的時候，例如在瞻仰遺容的時候，外傭姐姐激動得淚流滿面。

「Popo, you now really leave the pain and to the peace! We miss

you so much!（婆婆，你終於脫離了痛苦，得到安息！我們都很想你！）」

隨即先人的女兒及媳婦便把外傭姐姐一把擁在懷中。

我更見過有主家，特意代姐姐做了一個花牌，把它列在主家的花牌旁邊。

我也有聽聞過長者在最後一刻，即使子女們已到齊，亦未呼出最後一口氣，直至外傭姐姐拖起老婆婆的手，用著那不純正的廣東話，告知婆婆家人和她都已到齊了，隨即婆婆便馬上離世。

而令我最為深刻的經歷，是有位外傭姐姐與她的小主人的故事。這位外傭姐姐由她二十多歲隻身來到香港工作起，便一直照顧一位患有無法根治的疾病的小朋友，直至他離世，約有逾十年的光景。儘管這位外傭姐姐未曾結婚，亦未曾為人父母，卻已經視這位小主人為自己的兒子來照顧。因此，當父母失去愛兒的時候，這位外傭姐姐亦分擔著同樣的傷痛。

很記得葬禮當日，這位外傭姐姐更哭至昏厥。

是甚麼令她們如此哀傷悲慟？我想，即使這只是一份工作，但她們與照顧對象日積月累的相處以及建立的感情，卻是千真萬確。多年來的相處、回憶與交流，已慢慢轉化為深刻的感情與羈絆。

的確，每位外傭姐姐的質素都有所不同，但可以肯定的是，她們越洋而來，同時照顧著我們和自己的家庭。有時候她們與照顧對象的感情，甚至比照顧對象的親人們更加深厚。我們也許見過姐姐出席少爺小姐們的婚禮，又也許會見過姐姐出席僱主家人的大學畢業禮。

站在個人的角度而言，如果一名照顧者日夜相伴，陪伴照顧對象走過他生命中最後的一段路，除非照顧者本人不值得交託，或僱主出現些問題，否則在朝夕相伴的情況下，是不難理解為甚麼彼此間會生起如此真摯、深刻的感情，我亦頗肯定在那一刻，雙方已超脫外傭與僱主的關係，不是親人卻勝過親人。

尊重是雙向的。當彼此獲得尊重的時候，真誠及其他細膩的感情就會油然而生。

感謝每一位外傭姐姐，無論是我家中的那位，還是照顧無數香港家庭的外傭姐姐們，謝謝你們願意放下自身的家庭，越洋過海來到香港，每天盡心盡力地照顧我們，讓我們可以更安心地生活。

感謝你們。

救命草

你能夠想像一個人在自殺前，曾經有多努力嘗試活下去嗎？

活在香港，壓力並不少。那天我跟我的精神科主診醫生閒談時，說起大家都有抑鬱症，才發現原來香港真的有很多人受到不同程度的情緒困擾或人生挑戰。

我的工作讓我接觸到很多自殺離世的人，或案發現場，而他們背後的故事都令我感受良多。

很多人都會嘗試想像，到底一個人要承受著多少痛苦才會選擇這條不歸路，但實際的情況或許遠遠超乎我們所能想像。

我面對過種種輕生的理由，也見識過種種輕生的方式。

在社交媒體中有關自殺的報道底下，往往會看到某些留言，指責這些選擇離開的人不夠成熟、不夠堅強云云。事實上，留言者是不是真的能設身處地，理解當事人的處境？

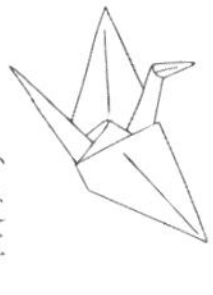

誠然，我並非認同當事人的做法，只是那些評論確實很難聽。

不是主角，當然站著說話不腰疼，能輕易地指責他們的不是。但你知道他們曾經有多麼努力堅持下去嗎？

我曾接受一宗遺物處理的求助，內容大概是一名老人家在家中自殺，家人未能直接處理遺物，因為每當他們進入家中，看著那些狼狽的痕跡，便會想起警察緊急的來電、那些重複對答的口供，以及警察傳呼機中的電台聲音等，一切都令他們瞬間返回當日知悉噩耗的情境中，令他們寢食難安。

老人家中的佈置十分整齊，看得出他生前是一名對生活有要求的人，就連自我了結的方式也很講究，盡量控制在一定範圍，不影響到別人，所以我們在執拾時也十分順利。

家中的每一個相架，都是完整無缺的。看著他曾經的嗜好，以及那些還未完成的興趣，你便意識到他是曾經活生生的人。

相架有子女大學畢業、成家立室，乃至孫兒百日宴的合照，每一幀相片也滿載著很多家人之間的回憶，不難看出他是別人眼中的好父親、好外公及好爺爺。

直到有一刻，我在老伯床頭找到一個對摺的信封，它被放在一個隱蔽的罅

隙之中，只有睡在那個位置的人才能察覺到。

打開後，我的內心很激動，更加感受到原來有很多人所說的「安慰」說話——

「看開些吧，事情總會過去的。」

「人家的狀況還比你糟糕，你的問題有甚麼大不了？」

——原來是多麼蒼白無力的廢話。

因為我們都低估了這些受困擾的人的痛苦，以及掙扎中的絕望。

經過思考之後，我決定向家屬講出我們找到這張卡紙，而他們只能夠帶著傷心地告訴我——

「他從來都沒有跟我們說他發生了甚麼事情，我們又如何能幫助他？」

我們沒有猜度或探究他離世的原因，但我相信大家都是處於一個很傷心、很不捨的心情中，但現實已經不容許思考那些如果重頭再來一次，事情會否這樣發生的問題。

因為很多事件都是日積月累的，而且可能是我們於有意無意之間，在自己心間留下的疤痕。

後來家屬忍痛請我們把這個故事分享開去，用真實的血和淚，希望大家學會關心身邊的人，不要低估別人所面對的困擾。

我重申，千萬不要覺得自殺的人是不會主動求助，也許他們只是等待身邊人伸出一根救命草，一個支援。

並非每個人都很正面，都很陽光，能夠自我調節，或是能夠選擇重新出發的人，亦並非每個都能夠順利望到明天的日出。

如果你有機會，希望你也能向身處絕望的人伸一伸手，也許你是他們的最後一根救命草。

*註：故事內容經過必要修飾，希望在防止自殺的議題上，能夠出一分力。

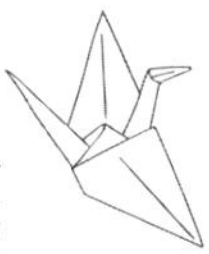

日本人

我一直認為，勇於追逐夢想的人很有魅力，尤其在較古老的年代。他們所追隨的夢想不一定是主流所認同，甚至更被視為離經叛道的東西，但他們仍然抵抗著社會的壓力，忠於自己，堅持不被主流同化，因此我非常欣賞他們。

在我過往從事的眾多工作中，基本上沒有一份是屬於大眾眼中「開心」的工作，事實上也確實如是，但當中總有很多的故事或經歷，會使我再三回味，並慢慢嚐出些回甘。這些回甘一直珍藏在我的腦海當中，隨著時間的流逝而越發香醇，時時令我會心微笑。

記得在某年，我們收到了一宗遺物整理的個案。由於我習慣在開始工作前，先了解一下離世者的背景及故事，所以我便知道今次的服務對象很特別，因為他是一名日本長者。

香港是一個國際城市，有不同的國籍及種族的人在此定居，而當中也有一定數目的日本人。他們甚至開設了自己的日本語學校，不過，在工作上遇到日本人還真的是頭一次。

在那個約二百呎的單位中，空間既整齊，又有些混亂。整齊是指單位中有著一個個收納好的箱子，混亂是指地上的血跡。

在整場工作之中，我們整理了很多的遺物。

這位長者收藏了很多報紙，當中尤其以一本美國著名雜誌的數目最多，也有很多關於攝影的書籍，以及素材。起初我還以為他只是一位在退休後有著攝影興趣的長者，如拍攝一下公園的花草樹木，尋找一下人生的樂趣。後來卻發現，他原來是個很厲害的攝影師。攝影是他一生人中最喜歡，也最引以為傲的職業。

日本並不是一個容易追夢的社會，先不論追夢本來已經是一件很難的事，再加上日本的文化下，他們從小就被教導要順從大眾，因此很多日本人都份外介意別人的眼光，因此遵從長輩意願，壓抑自己的喜好，確實是一種常態。

但他沒有，他選擇隻身來到香港發展，不斷學習。

而那些「廢紙」及「雜誌」，其實都是他多年來獲得的國際大獎的獎狀，以及作品集，當中亦有很多不同年代的攝影器材。

後來，他家人轉贈其中一件遺物給我們，是一部銀白色、使用液晶體屏幕的初代數碼相機。雖然在客觀條件上，它可能有一些污漬，但相機沒有明顯損毀，外形狀態仍然完好，不難看出老人家有用心護理這部相機。

「承載著夢想的相機，就應該讓夢想繼續下去。」這是他遠在數千公里外的家人，透過他們的公司轉達給我的訊息。

這部相機是一位堅毅不屈、努力追求夢想的人的憑證，後來我便把它收藏在辦公室之中，平常出席講座或展覽時，都會把它隨行帶出，目的就是希望讓更多人感受到他對夢想的堅持，以及鼓勵大家追求自己的夢想。

每個人在追夢的時候，都會有過氣餒、想放棄的時刻，我也不例外。有時候我也會在辦公室用力拭抹眼鏡，用手掌心不斷搓揉自己的臉龐，或是看著太平山發呆來釋放壓力，不過，只要一拿起這部相機，我又會振作起來。

它令我憶起自己的初心，給予我追隨夢想的勇氣。

我會一直從事這份令我引以為傲的工作，就如老先生一樣，一心一意以生命追求著這份屬於自己的匠人精神。

謝謝你，老先生。

手推車

新冠疫情於二〇二二年初達到頂峰，當時疫苗尚未研發成功，每天感染及死亡個案數目持續遞增。當時整個社會都處於惶恐不安當中，很多人都擔心一旦感染病症便意味著死亡，加上防疫的緣故，人們的生活模式亦經歷大變，學校停課，各行各業轉為遙距工作，而死亡業更是身處這場颶風中心。

當時我們需要穿著嚴密的連身保護衣去處理新冠疫情的離世者，更要不停周旋於家屬及政府同工之間，嘗試促進彼此的交流，令滯留在醫院內的遺體都能盡快得到處理。

儘管當時新冠病毒是最主要的死亡原因，但其他死因如心臟病離世的人士，數目其實並沒有減少，換句話說，我們恆常的工作量並沒有降低，但加上突發的疫情因素，基本上在當時最高峰的三個月，我們都是二十四小時全天候運作，沒有休息。

記得有天當我在和合石火葬場完成葬禮後，便隨即趕往醫院接領另一具遺體，本來打算之後小休一下，卻接獲慈善機構的社工來電。在快速的會談之中，我才知悉原來尚有一宗緊急遺物整理個案，於是我們便即時派出團隊前往協助。

與家屬交談的時候，了解到原來離世者是一名媽媽，有一名有智力障礙的兒子，名叫俊仔。他是個非常懂事的年輕人，儘管我們在溝通時或需要多一點時間，但他仍能很有條理地為我們指導工作。

隨著遺物整理的工作完成後，我們亦有徵詢俊仔及社工的意見，詢問他有否保留遺物的意願，而俊仔希望我保留媽媽的一架「買餸車」（購物手拉車），因為這架車是他和媽媽多年來相處的回憶。

在這段疫情嚴峻的時期，盡責的社工自然希望不要回收這架買餸車，主要是擔心會有細菌或病毒依附在買餸車上面，或有機會傳染給傻仔，甚至感染其他住在院舍的朋友。對於社工的憂慮，我們也非常理解。

但經過傻仔的一番解釋後，我們明白到，為甚麼他堅持保留這架買餸車。

「這是我和媽媽之間的唯一回憶……很多東西我都可以不要，但我想保留它。」

很多時，最有回憶的物品，未必如我們所想是相片等儀式感很重的物品，而可以是一些看似平平無奇的日常用品。

最後，我們與社工協商後，便把買餸車好好消毒一番，再歸還給俊仔。

死亡業是一種看似無須與人交流，實際上卻最需要與他人交流的工作，因為當中牽涉大量彌足珍貴的回憶，極需審慎處理。

很多事都沒法重頭再來，尤其是已離開的人，以及他們留下來的東西。它們往往都充滿人與人之間的回憶，而旁人是永遠無法得知這對於某人而言，是一個怎樣重要的存在。

鳴謝：基督教懷智服務處

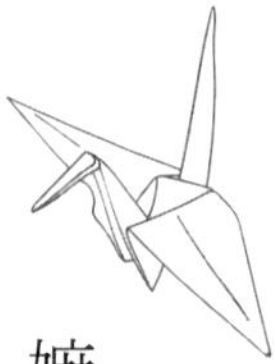

嫲嫲

最近我完成了一場難度很高的葬禮。

這種葬禮是每位死亡同業都必然會經歷的，那就是替自己的家人安排葬禮，而這次我的服務對象，是我最愛的嫲嫲。

雖然這件事在情理當中，但當它真正發生時，我還是不太容易接受。

還記得在醫院接嫲嫲到殯儀館的那刻，負責認領遺體的我，思潮起伏。因為我實在很難接受一個陪伴我成長近二十七年的人，驀地由平日見慣見熟的冷藏櫃中被提出來，冷冰冰地躺在那張我日常會進行各項工作的鐵床上，成為我工作的一部分。

一切都如此熟悉，又陌生。

自嫲嫲離世的那刻起，我便一直很鎮定、堅強，因為家人已經交由我操持整場葬禮。

這是一場由嫲嫲給我安排的試驗，試驗我教育同事的成果、工作經驗，以及對各種事情上的控制。於是我有條不紊地通知我的徒弟、行業前輩，以及合作夥伴們有關流程的安排。

雖然我的工作經常接觸死亡，但我還是放不下。做人是應該有始有終的，既然嫲嫲在我出生時照料我，為我更衣洗澡，替我清潔，那麼現在我也應該為嫲嫲清潔更衣，為嫲嫲修整儀容。

這是我盡孝的方式。

我很感激以前曾有機會在外國學習做仵作，能夠把外國的技術發揮出來。

我更要感激我的御用化妝師協助我達成這件事情。

不過整個過程的確不容易。當日殯儀館的同仁們把嫲嫲推進靈寢室的時候蓋上的那張白布，直至儀式之前，我還是沒有勇氣親自把它掀起。儘管我在每一場葬禮上也會做這個動作，但對於嫲嫲，我還沒有勇氣去做這件事，因為我尚未能接受這個人會離開。

後來當我在靈寢室完成工作後，便翻開表姐製作的回憶錄，看著自己小時候和爺爺嫲嫲笑得燦爛的樣子，很多藏在腦海深處的回憶瞬間湧現，想起小時候嫲嫲偷偷帶我去海洋公園、偷偷買汽水給我……各種相處時的點點滴滴一併湧上心頭，我才驚覺原來我們之間的珍貴回憶竟是如此的多。我

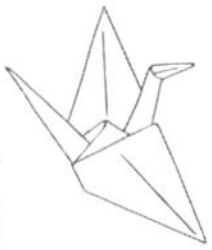

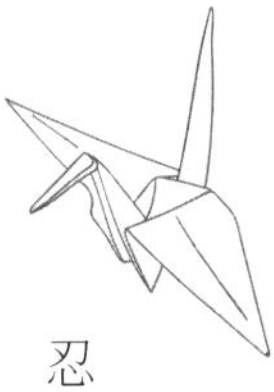

忍不住哭了。

我哭著跟爸說：「為甚麼她本來好端端的，一轉眼就沒了？原來霎眼間，廿七年便過去了！」

我爸沒有說甚麼，只是給我一個很用力的擁抱。

在整個過程中，我更加能夠體會作為家屬的難處，例如當朋友到訪時，我還是會出於工作身份說「多謝」，也完全沒有一名家屬常有的表現，例如哭泣、歇斯底里，或其他更多的情緒。

如果沒有體驗過喪親之痛，是很難代入家屬的情緒及角度去看待所有的安排及細節，亦沒法易地而處，與他們共情。

這一課上得很深，考題亦很艱澀。

但我相信嫲嫲會滿意。

廿七年來的事情沒有隨著時間而慢慢消逝，我會好好地收藏在心中。

晚安台北

遠在八百一十一公里以外，有一個地方跟香港很像，那便是台北。

我現在很喜歡去旅行，經常每隔一、兩個月便會離開香港，到外地一趟，除了是想放鬆平日緊繃的身心外，亦很希望能把握機會，在不同地方學習當地的殯葬技術。

近年我也頻繁地往返台北，體驗當地的死亡業工作。這次，我便跟隨從事接體師的杜學長及其他前輩，去跑他們的殯葬流程及工作。

在一個傍晚時分，夕陽折射在信義區的台北101大樓玻璃幕牆外，暮光下人們急著去捷運站回家，公交車與機車頻繁地在馬路上穿梭，整個城市就是一副準備休息的狀態。

但那時的我正坐在閃著警示燈的車，在建國大橋上飛馳著，趕往案發現場。

當我們到達案發公寓的地下時，已隱約嗅到在空中飄浮的腐敗氣味。在經過陰沉昏暗的走廊後，我們到達單位，天花板上掛著搖搖欲墜的過年掛飾。

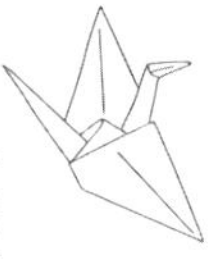

進入眼簾的，是一名倒臥在地板的往生者，屍身已經開始發脹，滲透出綠色腐解的液體，警員們剛剛完成勘驗的工作。

由於我並非搬運遺體的專業人士，於是我在旁觀察學長們的工作。當他們準備移動遺體的時候，為了替他們騰出更多空間，我移步到走廊中間，驀地一轉身，看到單位對面，有著正在和爸爸媽媽吃晚飯的小孩、埋首電腦努力工作的年輕人，也有正在向盆栽澆水的阿嬤。

面對這一幅充滿煙火氣息的生活景象，我很感慨——在這個五光十色的城市中，當有人正在努力生活，或為事業努力拼搏時，原來隔壁已有人悄然離世。即使是在同一座城市，每一刻也上演著不同的人生。

時間不曾為任何人停留，仍然以其獨有的步伐悠悠地運行著。

在馬路邊，有一輛救護車停泊在我們車輛的一旁，車頂上的警示燈正在閃爍著，代表救護人員也正在進行救援任務。我跟救護人員點了點頭，他們也頷首示意。

我站在一旁，看著他們的工作，然後跟杜學長說：「其實我們的工作也有點類似。」

「對喔！我們其實就是黑色救護車，他們給予別人希望和生命，我們則給予沒有生命的『別人』尊嚴，保全他們的盼望。」杜學長坦然道。

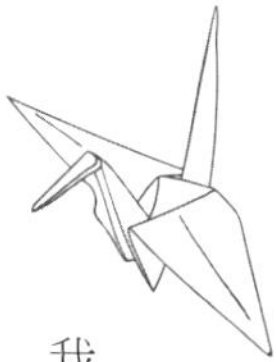

我們與那輛救護車一同由小巷駛出馬路，在燈口處等候著紅綠燈。

在生與死之間，我們沒有同步。一個正在前往殯儀館的路上，一個則駛往急診室的路上。那刻是屬於我們使命的偶遇。

一路上，我透過車窗看著台北的點點燈火，在月光的映襯下更是美麗。我心想，儘管每天都有生命在這些萬家燈火下消逝，但很多新生命也即將在這個美麗的地方誕生。

生命的軌跡其實與城市一樣，包含著截然不同的特色以及無數過客，或許此刻的離別，只是為日後的重逢作準備，即使悲傷，但我們還可以一同盼望生命的循環。

晚安，台北。

心臟病

最近我和好朋友聊天，聊到是否怕死的議題，令到我不由得想起前陣子，

我因胸口不適而入院。

到院後，急症室醫生罵了我一句。

「如果你再遲一步，便不是到急症室了！」

原來我不僅患上急性心肌炎，更患有其他緊急的心臟疾病，短時間內隨時都有可能急性死亡。他要求我盡快致電家人。

聽到消息的一刻，我除了即時罵了自己一句粗口之外，腦海便一片空白，幸好我是一個經常會進行死亡演習的人——各位讀者，你們便當死亡演習是一種模擬自己即將死亡，或知道一些不幸的消息時，需要如何向親友交代自己身後事，及抱持甚麼心態等的演習，好讓自己在臨終時能把握時間，做好應該做的事，不致手忙腳亂，留有遺憾。

因此，根據我的演習，我已經即時有序地致電家人，隨即把銀行戶口的錢全部轉走，再通知我的同事及正在服務的家屬，把手頭上的工作轉交給我的助手們，然後通知我的另一半及朋友們。整套操作進行起來簡直行雲流水，於是我在短時間內便處理好自己的身後事。

當我通知眾人後，我的 WhatsApp 即時被無限轟炸，更有朋友直接乘搭的士飛奔至醫院。據他們的說法，他們是準備來看我最後一面，為我念佛送行。

看著漆黑的夜幕中，半隱匿在雲影中的點點星光，感受著自己比較紊亂、任性的心跳，以及意識到自己隨時可能眼前一黑的預告，在那一刻，我感覺到前所未有的寧靜。

有些小時候模糊的記憶，亦開始漸漸地浮現出來。

例如原來我早於三歲的時候，已看過彩虹。當時約在黃昏時分，在矗立在維港的摩天大廈之間的間隙中，我看到絢爛的彩虹。

還有種種的人生回憶。

視線開始變得模糊起來。說實話，我對此世間並沒有放不下的感覺，不過的確是有點害怕，倒又不是怕死亡本身。

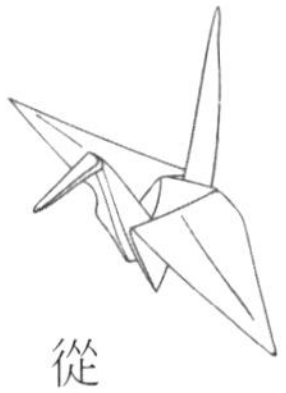

從事的工作沒有讓我「睇慣」死亡，更從來沒有讓我「睇化」死亡，嚴格而言我只是觀看死亡，沒有參與過生死之間的轉變。

出院後，我和好友們吃飯，他們有些說自己每天都看生死，因為他是做化驗所的；有些說他每天看生死，因為他是巴士司機，可能會遇上交通意外。不過他們不怕死，口中宣講著玄妙無邊的佛學，各種大道理信手拈來，簡單來說便是叫我看開一點。

可能他們已領悟了大智慧，但我沒有。我還是真的有點害怕，所以我沒有答出他們預期的答案。

或許在生與死之間，這一刻能夠做到的，便是每日預備死亡，至少我能夠對我的害怕有所準備。

希望大家由現在起，亦開始屬於你們的死亡演習，因為死神先生是不會通知你哪次是真的。

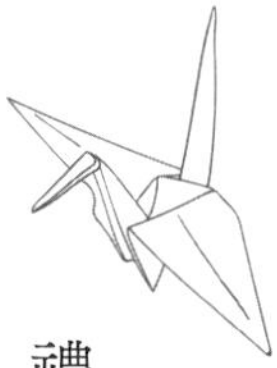

禮儀師的眼淚

「你和彥仔終於再次團聚了，阿妹你現在可以安心。」在一個晴空下，我扶著蹣跚的老姐姐，在曾咀撒灰場地進行撒灰。

這是我目前工作生涯中，流下最多眼淚的一次。

我記得在兩年前一個晚上，收到一位非常溫柔的中老年女士的電話查詢。

「你好阿樂，我是Winnie，是一名朋友介紹你給我的，他曾經使用過你的服務。我想委托你為我的兒子辦理身後事。」

經過詳細了解後，才知道原來Winnie的兒子彥仔是一名患有唐氏綜合症的人士，生活各方面也需要由別人照料。

在彥仔小時候，他父親便因工業意外而離世，Winnie母兼父職，照顧著彥仔四十餘年。

而Winnie是一位很慈祥、溫文的女士，大約六十五歲左右。她滿頭銀絲，戴著一副金絲眼鏡，與電視劇出現的慈愛嫲嫲形象如出一轍。

她經常跟我分享從前和兒子相處時的點點滴滴，例如是照顧時的辛酸，又或是為人母親的快樂。她告訴我，也許兒子比她早一步離世是一件值得慶幸的事，至少她不用擔心自己在百年歸老之後，沒有人能夠幫忙照顧孩子。

自從彥仔火化之後，我和Winnie亦由客戶關係慢慢轉變為無話不談的朋友。有時候，我會陪她到附近的茶樓飲茶，聽著她回憶過去，傾訴大家當下的感受，不過，在言談之間，我也感覺到，即使彥仔已經離開世界，但Winnie還是很擔心，而且很記掛這個孩子。

幸好的是，Winnie有一些朋友以及病患家庭的群組支援，也有一個很愛錫她的姐姐，日子才不會太難過。我也經常記掛著這位老人家，一有空便會去探望她。

有時候，我甚至覺得我好像多了一個契媽，收穫了多一份來自長輩的關懷及牽掛，就這樣不知不覺過了兩年。

好景不常，在去年一月，Winnie和我們飲茶的時候，遞給我一份醫生的化驗報告。在諮詢了一些專業意見後，才知道原來Winnie患上一種很罕見的病症，病情已屆末期，錯過了最好的治療時間，剩下來的時間並不多。

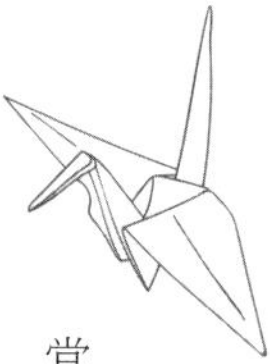

當日除了我之外，還有她的姐姐及一位我們的好朋友。Winnie很開朗地告訴我們不用擔心，人生的事情本來便沒有好與壞。

「阿樂，我的身後事就交給你了。你們幾個聽清楚，我肯定他是能夠讓我安心的人。」

聽畢，我真的忍不住在茶樓哭了起來。我面對過很多人的離世，但當中，與我有深厚感情的人並不多。我很清楚我即將失去一位朋友、一個對我欣賞有加的人。

我不知道如何面對這些情緒，但Winnie反過來安慰我——

「人生是變幻不定，沒有恒常的結局，也許上天知道甚麼結局才是適合大家。」

我當時不死心，認為她仍有治癒的機會，於是我透過很多醫生朋友，嘗試尋求方法去改變這個局面，但原來是沒有的，定數是沒法改變。

在去年年中，我收到老姐姐給我的電話，告訴我 Winnie 終於走了。我把自己關在房間，偷偷抹眼淚，偷偷地哭泣。

我這才深深感受到，從事死亡的工作，並不會令自己看化。人是有血、有肉、有感情的個體，即使我從事這個行業，但我還是一個普通人。

葬禮過後，我為 Winnie 進行撒灰儀式，並按照她的意願與彥仔合葬在一起，之後和老姐姐坐在長凳上歇息了一會。

我望著天空，或者死亡未必是一件壞事，長壽又不必然是一件好事，和自己愛的人在一起，才是有意義的事。

感激你一路以來給我猶如至親的關懷，感激你出現在我的生命當中。

Winnie 一路好走。

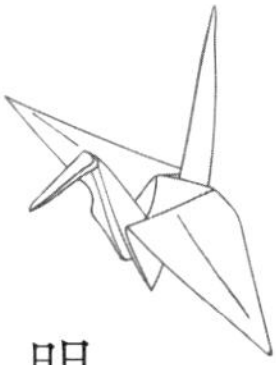

明姐

我很珍惜每一次認識新家屬的機會，因為是無常讓本來萍水相逢的我們更深入了解對方，因此大家能夠相遇是一種緣分。

我是在二〇二二年中，即疫情最嚴峻的時候認識明姐。當時收到委託的個案數目相對較多，因此沒有太多機會能與不同的家庭交流，很多時都只能專注於工作之中。但即使在那段時間，明姐的分享也令我留下很深的印象。

她是一名醫護人員，而離世的家人正好在她服務的公立醫院裏去世。

當時，很多媒體都報道了香港的醫護系統瀕臨崩潰邊緣，但醫護人員一直謹守崗位，即使身心俱疲亦竭盡全力去維持醫療運作。

面對工作帶來的龐大身心壓力，加上家人突然確診患上嚴重疾病，後來甚至在自己的工作環境中與世長辭，箇中苦楚實在非常人能忍受，而明姐卻願意真誠地分享她的感受，於是我們彼此有著很多交流，即使葬禮完結後，這段情誼仍持續著。

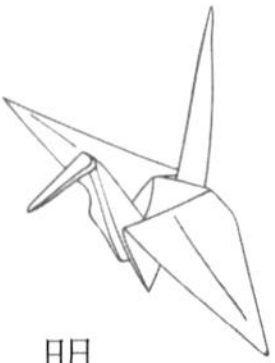

明姐和她的家人都非常熱情好客，以及有極強的親和力，這種感覺就像是認識多年的好友，又像是舊日同舟共濟的鄰舍。後來我還真的發現原來明姐也算是我的街坊，住所距離我家大概只有十分鐘的車程。

我很愛惜這段關係，而且明姐的家庭會在每年冬至及不同的節日，邀請我和同事上他們家作客，為我們準備美味小炒及生猛海鮮，而更重要的是，在那裏我們能與一班很投緣的人小酌幾杯，閒話家常。

他們一家關係非常融洽，互相愛護尊重，而且在那個萬家燈火的屋邨入面，鄰舍都會打開家門，彼此信任，真的能感受到這個地方的熱情和溫暖。

「其實我們這一行並非甚麼喜慶的職業，為甚麼你們仍會選擇在做冬的時候找我們吃飯？難道不會擔心意頭不好嗎？」我摸著杯底問明姐。

「沒甚麼大不了，大家都是普通人，我就是擔心你們做冬找不到地方吃飯！朋友一場，當然更加要招呼你們！」明姐以一貫的大嗓門笑著回答我的問題。此外，明姐的兄弟姊妹們更會記著我們的飲食喜好，然後特意準備加大分量的菜式，好讓我們都能各自帶回家中，慢慢品嚐，甚至擔心我們吃得不夠滿足，會沒有力氣工作。

正如我在其他章節說到，這種能見證彼此成長、有聚有散的緣分，就是這份工作的吸引之處，亦是我最珍而重之的「獎賞」。

每次工作得很辛苦的時候，我都會想起這一班因無常而認識的朋友，想起他們真誠的笑容，以及每次聚會的情境，這些都是非常美好的鼓勵，讓我更有動力繼續努力工作。

不過，我近來得知，他們當中有一部分人會在短期內離開香港，到其他地方開展新生活。

於是，當我每次看到那些聚會的合照，都會份外感恩這種萍水相逢、但又能繼續保持聯繫的緣分。

縱使無常構成各種離別，但亦是無常令我們得以相聚。

我很感恩我的工作，讓我收穫了很多好朋友。

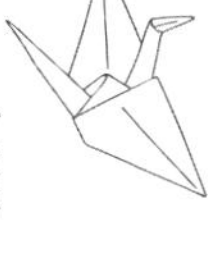

實習醫生

我自二十一歲起便開始從事死亡工作，當中亦有轉換過不同的工作崗位，例如我從前曾在殮房工作過。

雖然這樣描述好像有些不太正確，但我還是從這個工作中體驗到快樂的「打工」生活，因為我可以在那裏做到我想做的事，以及發揮到工作價值。此外，我也很喜歡那裏的工作氛圍，例如前輩們的細心叮嚀、心地善良又活潑的年輕上司及整個社區等。

有時候，回想起殮房工作的種種，記憶都鮮活得彷佛是昨天的事，但看著以前記錄殮房故事的文章，又好像是發生在很久以前的事，甚至發現自己的文筆亦漸漸變得簡潔起來。

今次想跟大家分享一段發生在殮房的往事，這件事也是我從事死亡業的其中一個初心及動力本源。

記得當時之所以入行，是源於自己的工作經驗不多，除了以前在運動用品店幫忙為羽毛球拍「穿線」外，並沒有太多的其他經驗，加上當時的我，是一個很熱血很有衝勁的小伙子（當然現在也一樣），於是在沒有太多考量之下，我便義無反顧地轉換工作環境，進入這一行，成為一個經常接觸死亡的送行者。

對於這份工作，我有一個小小的習慣，便是在工作的時候，特別在接收遺體時，會向離世者的遺體點頭鞠躬致敬，這個習慣直到今天仍然保持著。

那天早上十一點多，我便收到了病房的來電，通知我們有一名病人剛離世了，於是我便在冷藏櫃中抽出遺體的托盤，馬上前往病房接收遺體。

在完成既定的工作流程後，我便把遺體搬移至載具，然後隨即向亡者鞠躬致敬。

但我發現我並非現場唯一一個這樣做的人，我發現該病人的主診醫生亦一同鞠躬致敬。

我當時十分好奇，為何一個理應忙得焦頭爛額的醫生特意抽時間出來，去作出這個行為呢？

後來大家熟稔後，他跟我解釋，原來那時他剛成為醫生，那位去世病人是他當時所接觸的病人。他感謝病人以身作則，向他作出教導，也警醒著他

身為醫生應負起的責任。他認為那個鞠躬是他對自己的醫生專業的一個尊重。

我對這位醫生印象很好，於是我們很常交談，後來更成為好朋友，交流著很多對生死的體會。他經常跟我說，他是負責保護生命，而我是負責為生命提供尊嚴。

但後來因為各自忙碌地生活，彼此的聯絡便慢慢減少。

不過最近我們又見面，相約小酌一杯敘舊，說起很多從前的事。他告訴我即使到了今日，他即將成為一名專科醫生，也依然保持這個動作。

我很欣賞他，因為他永遠把人的生命放在第一位，把守護人命視為自己的責任，毋忘初心。

當年我作為一個殮房助理，他則是一名位高權重的醫生，理論上兩個崗位是沒有太多溝通空間，但在那刻，因著大家對工作的熱誠，便把我們串連在一起，使我倆成為朋友。

謹在此深深地向醫院裏的各級醫護職員、各級的運作同工致謝，感謝你們即使面對龐大的工作壓力，依然謹守崗位，努力守護生命及生命最後的尊嚴。謝謝你們。

生日快樂

我是一個死亡業者，「死亡」與我的生活是渾然一體的。因為死亡不單是我的終點，也是我生命的夥伴、朋友及導師。那麼，我又是如何看待生日？

對我而言，每個生日都是提醒我生命正在倒數的計時器，它告訴我距離死亡的日子又近了一些。因此，我在每一個生日都會提醒自己要努力地活著，而我身邊的朋友都知曉此事。

這個提醒自己要好好活著的想法都直接反映在我每年收到的蛋糕上。我每年收到的蛋糕都非常「百無禁忌」，之前收過棺材及金銀衣紙造型的蛋糕，而最近一年則是一個寫有我名字的墓碑蛋糕。這些造型有趣的蛋糕都是來自我女友的精心設計。如果換著是旁人，應該覺得我是瘋狂的人。

我作為一個推廣死亡教育的人，如果連把死亡融入自己生活都做不到的話，又如何給予公眾一個有說服力的演講呢？

所以，當我與相識多年的「損友們」慶祝今年生日時，我便把生日主題訂

立為「英雄宴」或忌辰宴。

而當大家詢問我有甚麼生日願望的時候，我告訴他們，我希望自己不要太長命，當然朋友們都不願意尊重這個願望。

另外，我也很感激他們願意在我的「英雄宴」上吃素，瞬間在席間營造出濃濃的家屬功德氛圍感。

我希望除了自己能快樂外，也想將這份快樂分享給每一隻可愛的小動物。十多個人在一頓飯中一同吃素，代表在這個世間上，有一頓飯數目的生命沒有被奪去。儘管這算不上幫了太大忙，但我們已經開始減少把自己的快樂，建立在其他動物的痛苦身上，是一個好的開始。

死是可以幽默輕鬆的，但必須是用自己來幽默，因為我們的生命還有這個承受力。

祝大家每年生日心靈都「死一次」，然後「死過翻生」，重新審視自己的人生方向。

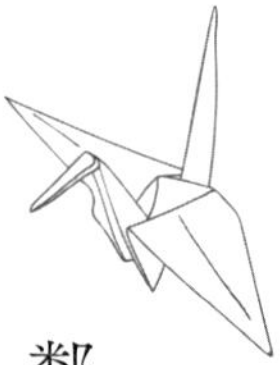

鄰居

很多人都說，香港人很冷漠，即使是住在同一樓層多年的鄰舍，也不見得知道他們是誰。不過，我也聽很多長輩說，在從前的香港，鄰舍關係是非常親近及有活力的。我一直都無法好好地想像，直至我在前陣子接了一個個案。

當時接到那個在家離世個案時，我感到很是愕然，因為這個案件居然是由鄰居提出，而非家人。

離世者是一名患有智力障礙的年輕人，他的爸爸年紀老邁，不幸中風進了護養院。後來這名年輕人便在一些願意幫助他渡過難關的店舖上班。他希望通過努力賺取更多收入，幫助住在院舍的父親支付一些日常費用。

他的鄰居也是守望相助的有心人，隔三差五便會上門探望他，並協助這位年輕人進行簡單家務，打理他的生活。

直至有一天早上，鄰居拍門沒有得到回應後，隨即用後備鎖匙進入他的住所，進屋後才發現他倒卧在地。家中凌亂不堪，有尚未吃完的早餐，救護人員來到以後，隨即宣告不治。

在鄰居的回憶中，他是一個心地善良的年輕人，經常有一個想法，便是希望能夠養活及照顧爸爸，但就在某天的某一個瞬間，他便突然撒手人寰。不知他在離世前，是否曾經歷過那種模糊、渴求幫助的感覺？還是猝然離開，沒有痛苦呢？我們不得而知，只希望他現在能好好休息，沒有痛苦。

我曾經想過，如果這個個案沒有被鄰舍發現的話，他的下場亦很有可能跟那些遺體腐敗的逝者差不多，直到遺體發出異味才被人發現，但慶幸他早早便被有心的鄰居發現了。

這不禁令我想起早前一個轟動全港的個案，有關一名長者進入醫院後，她兩位有智力障礙的孩子在家中相繼離世的新聞，以及近年來，香港也發生數宗有關年長照顧者在結束被照顧者的生命後，再自行了結的新聞。如果案中的當事人也有好心的鄰居，互相守望相助，或許這些令人感到哀慟萬分的悲劇便不會出現。誰能想像到先進的社會如香港，也會發生這些事件？

不過，在這個案件上，我感受到，其實香港還是很有人情味，有很多人仍努力活在當下，為生活好好拼搏。

是人與人之間的守望相助精神，為這個無常的社會帶來點點溫情。

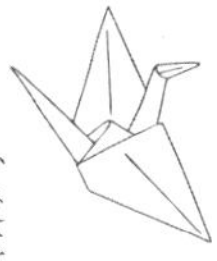

彩虹的約定

在處理死者的喪事期間，其實也會直接面對很多被社會忽略的問題。

我一直都意識到這個情況，也一直想改變現狀，但這些問題往往牽涉複雜成因，要改變並不容易，但我仍然很想讓大家知道。

香港是個多元社會，除了二元性別以外，還有其他的性取向或性別認同，但當他們在處理喪禮的時候，卻往往遭遇很多人的白眼，或聽到些很難聽的說話。

大概在數個月前，我在酒吧與朋友消遣的時候，收到一個大約六十多歲的男士的電話。

「你好，請問你是明泰嗎？我是Andrew，剛剛我的伴侶離世了，但我的情況比較特別，我相信只有你才能為我處理到。」雖然他的態度有些緊張及神秘，但仍無損他溫文有禮的聲線。

後來，當我花了一點時間了解後，才知悉原來他的伴侶是與他年紀相若的男性，名叫 Davis。

由於那段期間是疫情較嚴重的時期，於是我極快約了 Andrew 出來見面，去了解他所需要的安排和配套。

當日 Andrew 穿了恤衫及西褲，非常莊重地來到我工作的地方。

「其實都不用在殯儀館出殯，因為他的家人和我的家人根本都不認可我們的關係，朋友們亦不理解，原則上，我們是不能見光的。」說出此番話時，Andrew 一路輕輕撫摸著他帶來給我的 Davis 大頭照。

Andrew 選擇了最基本的醫院出殯，而我亦盡量為他提供更多傳統以外的選項，希望 Davis 即使在大家都不太理解的情況下，也能圓滿地離開這個世界。

「我很直截了當就選擇了你，沒有其他的考慮。其實在 Davis 差不多離世的時候，我身邊已經有殯儀業的朋友向我招手，但他的說話令我非常難受，經常稱呼我們為『基佬』，完全沒有尊重過我們的關係。」

這也令我深刻反思，雖然我們是一門講究傳統的行業，但基於這個行業的特殊性，我們在傳統以外，是否也應該多帶點人文和尊重？在現今多元共融的社會中，我們是否也應該多點調整自己的角色，令逝者及其家人在處

理人世間最後一件事上面，都得到尊重和關懷？

時間很快到了Davis舉辦喪禮的一天，出席的人只有Andrew一個。那天，我刻意選擇了當日最後的一個爐期，讓時間充裕一點。在尾班的爐期上，Andrew在棺木運輸帶上花了些時間和Davis細聲對話，又用手溫柔、不捨地撫摸著棺木。

後來Andrew一邊抹眼淚一邊告訴我，他很喜歡我和我們的團隊，因為這是他在這段不被祝福的關係以來，第一次感到被旁人尊重。

望著徐徐進入火葬升降機的靈柩，我感觸良多。人與人之間的尊重並不是用口說出來，而是必須用心去表現出來。這個世界上沒有甚麼基佬不基佬，只有真心的愛情和溫柔。

坦白說，我在處理相關文書的過程中，也出現了一些手續上的挑戰，例如在申請火化的時候，申請人和伴侶的關係等亦需要用一些時間來處理。

儘管這個行業目前仍不太能消化同性戀這個議題，但我也希望這個議題能夠被人慢慢接納，大家也能尊重這個界別的人士，容納愛情以不同的面貌存在於我們的社會當中。

Davis，願你一路好走，我深信世界並不是只有兩種顏色的。

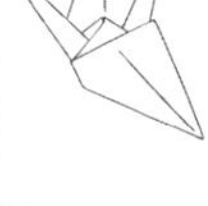

杰倫（下）

我經常都說自己其實是一個很幸運的人，例如我已經找到一份自己有熱誠、想全心全意發展的工作，又做到自己想要實踐的目標，例如參與寫作、出版自己的書籍，又收獲了很多能夠令我更上一層樓的歷練。

我又在工作當中，遇上很多很好、很善良的人。或許這個說法很奇怪，但正正就是那些離世者，讓我有緣分結識到那些朋友。

也許正因為我時時都對工作抱持一份感恩的心，令我即使從事死亡業——這個大眾視為負面的行業當中，也能獲得一些「平衡」，所以當我與他人交流時，很多人都對我從事的職業感到難以置信，因為他們都覺得我的「面色很好」「性格很樂觀、幽默」，無法將我與死亡業工作者的身份聯繫起來。

我在工作中又與很多家屬成為朋友，這是一種很愉快的體驗，他們甚至會在我的公司中擔任義工，義務地處理一些工作。

如果大家還記得在前些章節中記錄過的家屬杰倫，他便是其中一位由家屬

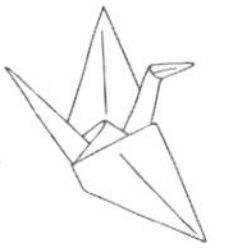

演變成好朋友的例子。

在這個由服務對象變成朋友的過程中，當然也會聽到很多不同的聲音，例如有很多人都跟我說「不要跟你的顧客做朋友」、「不要跟工作上認識的人做朋友」等，但出奇地，在我和杰倫的相處當中，不論是在工作還是私下見面時，都有一種很融洽、很容易溝通的感覺，就是一種當你一認識那個人，便知道對方的價值觀、性情與你很相近的那種感覺。相信大家在生活上也曾遇過這種很快便很投緣的人。這種友情是很難得、很珍貴的。

我也非常珍惜由起初只是協助辦理葬禮的工作人員，後來慢慢轉化為朋友的這種關係，因為我們都經歷過共同的哀傷，以及離別。

在這種關係中，我並不是單純地充當著「樹洞」的角色去傾聽心事，或者扮演著帶領他們走出悲傷的角色，而是作為同行者，在這段關係中一同學習及成長。說實話，我很享受這種感覺。

有人說，或許這種陪伴是轉化哀傷的另外一種形式，去協助家屬離開某種困境，但我更傾向認為這是一種陪伴彼此成長的時間。

雖然我的工作性質確實與「哀傷」有著密切的關係，但有時選擇用真誠待人，便能「以真心換取真心」，戰勝一切障礙。

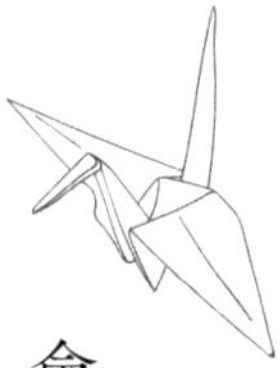

會唱歌的數學老師

各位讀者，不知道在你的生命中，有沒有遇過一位足以改變你一生的老師？

我便有幸遇過。

當我還在中學階段的時候，我是一個非常反叛的學生。在學校放火、推翻書怡、跟老師打交，對我來說是家常便飯。

很多老師都拿我沒辦法，直至中三的時候，我遇到當時的班主任，她耐心地把我的「精力」疏導至課外活動上面，並引薦我進入我有興趣的校隊，讓我找到一片屬於自己的天地。

而最近我在工作之中，也認識了一位很特別的離世者。他是一名小學數學老師，名叫林Sir，他也很年輕，只比我大三歲，但卻已經成為老師一段頗長時間。

我很感謝林Sir的太太劉老師，讓我能夠在林Sir的葬禮上，拍攝很多珍貴、鮮活的照片。而我之所以希望能記錄此事，是因為我認為林Sir能夠以自己的生命，活成學生的榜樣，是「身教」的絕佳例子。

林Sir的年紀與我相若，故在計劃葬禮的過程中，也時常令我不經意地憶起一些自身的經歷。此外，林Sir的家人很好，辦理葬禮時除了會考慮整個葬禮的流程及風格外，更會考慮到前往哀悼的小學生們能如何在葬禮中獲得正面的訊息。

記得當日有很多小學生拖著父母的手前來吊唁，從他們在心意卡中寫上對林Sir離世的感受，以及他們在葬禮禮堂上安靜有禮的表現，我便感受到，這是一位老師最有成就感的時刻。最令老師感到自豪的瞬間，與其任教的學校的名氣大小無關，而是他能夠以身作則，讓學生耳濡目染，學習自己行事的作風。

最為深刻的片段，是家屬在禮堂入面播放林 Sir 自己作曲填詞的數學歌曲，聽上去很有創意，令人印象深刻。到底一位老師要對教學抱有多大的熱情，才會願意花費很多時間，絞盡腦汁地炮製一些能讓學生更愉快學習的辦法？或許很多老師都對教學很有熱誠，不過林 Sir 的舉動，實在令我大開眼界。

當中有一封學生寫給林 Sir 的信，內容很難直接刊登原文供大家閱讀，但從信中得到的訊息是，那位學生其實並未知道林 Sir 已經永遠離開了，他仍很期待與林 Sir 再次相遇。信中流露出同學對林 Sir 真摯的感情，以致閱

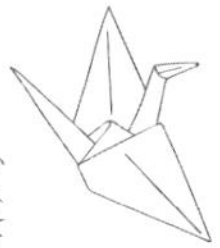

後也讓我的心不禁抽痛了一下。

我對林 Sir 打從心底生起尊敬，因為他做到言傳身教。哪怕他知道自己的生命快將走到盡頭，亦因而感到不知所措，但他仍然會寫信給學生作為最後的課程。

這讓我想起日本有一位老師，即使自己身患絕症，仍不放棄教育學生的機會，而他給學生上的最後一堂課，便是希望學生要活得快樂。

林 Sir 亦如是，以身作則，以生命影響生命，我很是佩服。

「其實棺木就是一艘幸福木筏。

無論逝者在生的時候經歷過甚麼、做過甚麼，棺木都像一艘充滿著希望和愛的小船。」

在完成林Sir的葬禮後，我不其然想起那些曾經為我絞盡腦汁、無條件付出及試圖力挽狂瀾、將我「帶回正途」的老師們。在那一刻，我空洞洞的內心彷彿回到小時候，回到那些肆意揮灑汗水，無憂無慮的日子。

雖然今日送走了一位令人敬重的老師，但他的一部分仍延續下去，守護學生以及善待老師。

林Sir，終於落堂了！願你在充滿彩虹的國度，好好休息，並繼續守護你所愛的人。

感謝你多年來的春風化雨，諄諄教誨。

能夠為你策劃葬禮，實在是我的榮幸。

「當生命在倒數時，才發現所有人的生命根本
一直在倒數，只是我們都以為自己的
計時器還剩下很多時間。」
「內心強大」

永遠記得你既樂觀
和幽默，懷念一齊打比賽
既時光，一路好走！
今日突然穿上黑衣
Tracy
Hang on to your dreams.
「當我精神時，
我偶然想起身邊的人，
會落淚，
因為我害怕
將會失去。」
請微笑，
曾經存在。
林sir,

「自私的人不能得到真正的快樂，
學懂分享和愛護別人才能令自己得到最大的「利益」」

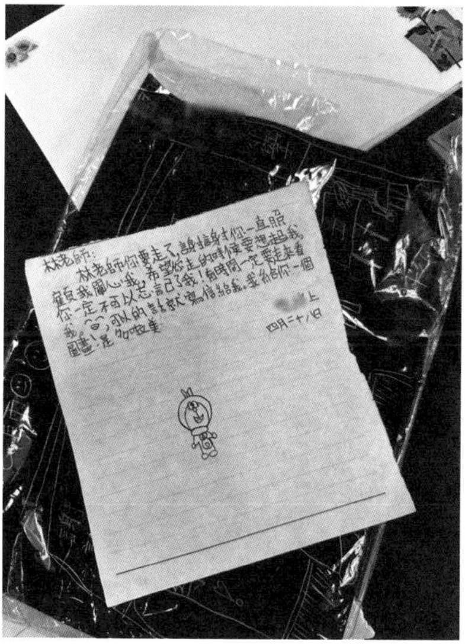
林老師：
林老師你要走了，謝謝你一直照顧我關心我，希望你走的時候要想起我
你一定不可以忘記了我！有時間一定要走來看我(^o^)可以的話就寫信給我。我給你一個圖畫！是兜啦美
上
四月二十八日

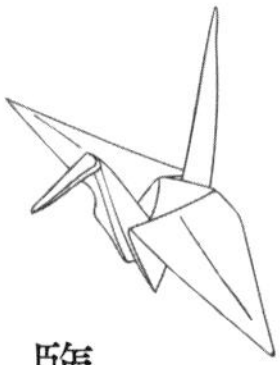

鹽焗雞婆婆

記得從前接受不同學生訪問的時候，總會收到很多有趣的問題。這些天真爛漫的問題，每每都為我帶來出其不意的思想衝擊及思考。

最近最深刻的問題是——「或許有些人是注定不平凡的，那麼你認為，為甚麼在這個世界上會有平凡的人？」

這個問題我苦思良久。回想起很多在生活中遇過的低調又善良的靈魂，最終我的答案是——

「這個世界上，每一個人都是不平凡的。關鍵在於我們有沒有選擇鑽研每一個人的故事。」

自從從事生死工作以後，我由以前的年少氣盛、不可一世，慢慢變得謙卑，放下各種成見，因為成見會妨礙你深入地了解他人。我現在最大的滿足感，便是理解每一個人的不平凡及善意，並盡可能地延續下去。

這是我在經歷了很多人和事後，漸漸領悟出來的，而當中亦包含一隻客家

鹽焗雞的故事。

在我還在提供遺物整理服務的初期時，有一位婆婆在家中去世。由於其家居受到遺體的殘餘物污染，加上本身環境較雜亂，通風不佳，因此慈善機構便聯絡了我幫忙整理及清潔。

她的兒子才叔年紀也不小，是一個熱情爽快、風趣幽默的人。遺憾的是，當他在留院休養期間，他的母親便在家中過身，但他卻無從得知，也沒有能力處理。或許這成為了才叔的遺憾，於是，在整場遺物整理的過程中，他不斷分享很多母子之間相處的趣事，藉此來憑弔母親。

在整理遺物的過程中，我亦發掘到很多長者刻意收藏的物品，很多都是一些有趣的東西，例如當年惠康開幕時的贈品——一隻公雞擺飾，也有一些年紀比我們父母還要大的產物，例如打仗時的文宣等。

然後我在婆婆的抽屜之中，找出一本筆記本。它的封面有些斑駁的摺痕，頁邊亦因年代久遠而泛黃，但整體狀態還算不錯，一看便知道它的主人有用心呵護它。

「這是母親由家鄉帶來的食譜，是外婆教的。因為母親從前十指不沾陽春水，不懂得下廚，因此當她需要隻身來香港生活之前，便預先抄下一些客家食譜。後來母親因為經常下廚，慢慢掌握了烹飪技巧，便沒有再翻看。

母親的手藝真的很好，尤其是製作客家鹽焗雞。」才叔一瞥那筆記本封面，便娓娓道出它的由來。

我輕輕翻開食譜，很多客家小菜的名字映入眼簾，如蘿蔔炒魚鬆、釀豆腐，以及各式湯水等。

「在以前的年代，飯菜都不只是煮給家人子女享用，也會召喚街坊鄰里一起享用。母親又會刻意煮多些，分給樓下較窮困的街坊吃。因為她覺得飲食得來不易，所以樂於分享。雖然都只是些家常小菜，但都希望大家能吃得飽，不至於餓肚子。舊時的香港是很樂意分享的。」才叔補充著母親昔日關懷鄰舍的舉動。

本來這份簡陋、帶著一些客家譯音的食譜將會成為一部分的遺物藏品，但我突然想起有位開茶餐廳、會賣小菜的朋友。這位朋友很熱愛烹飪，又喜歡做慈善工作，例如他每個星期都會向有需要的家庭，例如長者、單親家庭及獨居人士等派發飯盒。

於是我便靈機一觸，詢問才叔能否將這本食譜交給我的朋友，由他繼續把這些帶有母親味道的客家家常菜傳承下去，我又提議讓朋友「復刻」才叔心心念念的客家鹽焗雞。

才叔聽後連連拍手叫好。

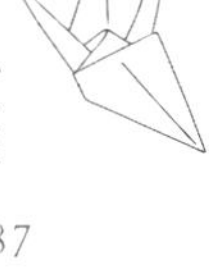

經過朋友努力「翻譯」及「估估下」的情況下，這道菜式終於炮製好。在品嘗味道後，才叔滿足地表示成果很大程度上還原了母親的味道。而更令我開心的是，當朋友聽完這位老人家的故事後，便決定在每個星期的派飯菜單上，加上一道來自食譜上的菜式，藉此延續這位婆婆的愛心。

在我們眼中，這位客家婆婆或許只是一位平凡人，是云云眾生中的一個不起眼的存在，但他們就是用著一個不被察覺的身份，做著不平凡的事。

所以，倘若你問我，為甚麼這個世界上會有平凡的人？請恕我不能交出一個好答案，因為我根本無法定義甚麼是「平凡的人」。事實上，生活中的各種細節，都可能蘊藏著他人的不平凡故事。

延續這份愛，延續這份精神，便是尊重、致敬「平凡人」的好辦法。

後記

今天收到編輯的訊息，希望我能夠撰寫一篇後記。

我這個人喜歡隨心所欲地寫文章，也確實沒有接受太多文學訓練。而這些被小部分網民戲稱為「老作」的故事，其實是我親身經歷過，然後稍為潤飾而寫出來的記錄，亦因為如此，我確實很難變出更多的故事，像是可以持續播放多年的連續劇一樣，所以這段時間裏，我的社交媒體都沒有太多的更新。

我對書本的結構也是一竅不通，所以這本書或完結得有些突然。

我想這個也是人生必須經歷的事情吧？就是要面對一些事情突如其來的中斷，或者不完整。

但因編輯要求，所以我也硬著頭皮寫下這篇，但其實我不知道後記要寫些甚麼。

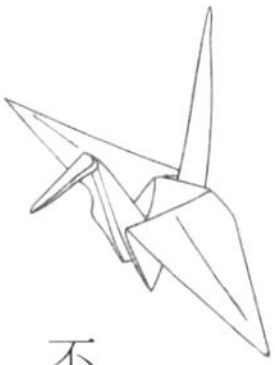

不過這本書對我而言確實來之不易。

由從前在殮房工作，到現在建立了自己的小事業，中間確實走了一段很長的路，遇到很多的貴人，也遇上很多很好的事情。

對我而言，其實每個人於人生經歷的事情都是必須的，錯誤是必須的，遇到的挫折也是必須的，要走的彎路，一個都不會少。但生命之中這些看似不如意的東西，其實都造就了每一個人生階段的獨特性。

從前心高氣傲，少不更事，又口沒遮攔，結果在人生中不斷碰壁，不斷修正，慢慢成長。

身邊很多的長輩好友跟我說：「人是會成長，犯錯無可避免，但知錯而不改，卻是錯中之錯。」

特別這幾年在社會中打滾，我才發覺原來在社會中，做一個人其實是很難的。

編輯說可以感謝一下不同的人，當然我首先要感謝一下兩位編輯，包括Christine，追稿是很辛苦的。

我也很想感謝我的家人，特別是爸爸媽媽和妹妹、我的伴侶和我的小狗，他們本來只是我生命中的一個角色，但卻分擔了我無數的工作壓力。我多年的損友Winston、曉樺、麻原、Vincent、林淩、皓荃、寶、Ben、Ming Ming、大澳軒、兩位北佬和Francesco。這班認識十數年、迷之一般認識的損友，事無大小都對我扶持及愛護有加，特別是每當遇到工作上的挑戰、家人的離世，以及情緒爆發的時候，他們總是義無反顧充當我的後盾，扶持著我。

我更要感謝我的同事，特別是宇、卓琳、Tony、Kaman、Niko，坦白說，我工作上的脾氣其實是很大、很急躁的，因為我有很多東西想要完成，而你們總是用心地完成了很多的東西，為我分擔了很多工作上的壓力。我還要感謝我的斑點人前輩、朋友王生王太，關於「學做人」這門學問，你們教了我不少。

同時亦要感謝由中學時代已為我「賣命」，為我的魯莽、頑皮、不甘心而付出賭注，但依然保護著我的文珊老師、廖sir。還有在我人生階段轉變的時候茫然失措的老師們，特別是衛家聰老師、黃婉霞老師。

我更加要感謝我人生第一位老闆——徐老闆，他是我一生人都會永遠稱為「老闆」的恩人，這本書某程度上是出於他的鼓勵而寫的。他在很遠的地方度假，我們偶爾才會見面，但他經常鼓勵我不要放棄自己想做的事情，哪怕世界笑你不行，覺得你不行，也沒關係，反正很多人都是這樣努力走過來的。

我還想跟大家分享一件老闆鬧過我的事情。我老闆是一個非常縱容員工的

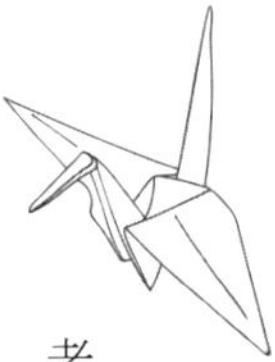

老闆，反正不管是甚麼原因，他都給我很多的便利以及溺愛，唯獨有一次他把我罵狠了，那是因為他為我安排工作，我不但沒有完成，甚至沒有通知他我不會出席和不能完成，因為那時我認為公司有其他更要緊的事情要處理。那次是老闆第一次責罵我，而且罵得很用力。後來他原諒了我，和我擁抱，只因為他希望我知道成年人的世界是一個講究「責任」的世界。這次經歷正正令我知道其實「世界」是怎麼的一回事，因為「世界」其實是圍著大家運轉，而不是你自己的個人舞台。

言歸正傳，最近發生了一件事令我很鼓舞，就是書中主角之一林 Sir，他的太太邀請我出席林 Sir 的奧數比賽的頒獎嘉賓。

因為工作關係，我經常需要出席很多開幕式和頒獎禮，但這次我卻特別期待，大概是因為看到生命的第二次轉化，化成對別人的祝福。所謂生命轉化，就是化作善良的價值和行為吧？

這個就是我經常說要辭職不幹，但又「屈服」繼續從事這個行業的原因。

相信這本書不會是最後一本，但我還是要對我在社交媒體上的讀者們說聲抱歉，因為我都把大部分的文章搬到這裏給大家收藏，所以有段時間「沒有貨」去更新社交媒體。

非常謝謝大家陪我實現出書的夢想。

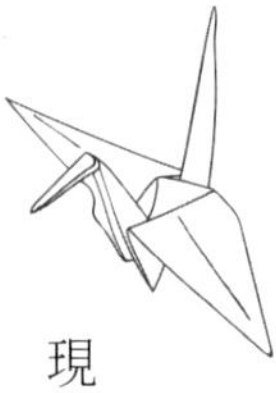

現在我能夠稱呼自己為作者了。（笑）

在不安定的時代，瞬息萬變的年代，我們都要保持著自己的初心，堅持正確的價值觀，才能令我們走得更遠，看得更多。

祝你活好，死好。

Goodbye bro!

明泰

2024初夏，山陽新幹線上書

心後事
——那些年從事死亡業的心靈絮語

作　　者　明泰
校　　對　麥麗盈
責任編輯　吳愷媛
封面設計　Kaman Cheng

蜂鳥出版
HUMMING PUBLISHING
世界中哼唱，留下文字迴響。

出　　版　蜂鳥出版有限公司
電　　郵　hello@hummingpublishing.com
網　　址　www.hummingpublishing.com
臉　　書　www.facebook.com/humming.publishing/

發　　行　泛華發行代理有限公司
圖書分類　①生死教育　②流行讀物
初版一刷　2024 年 7 月

定　　價　港幣 HK$118　新台幣 NT$590
國際書號　978-988-70629-2-9